Fionna Seiffert
Upside down

Fionna Seiffert

UPSIDE DOWN

Kriminalroman

Bibliografische Information der Deutschen Nationalbibliothek: Die Deutsche Nationalbibliothek verzeichnet diese Publikation in der Deutschen Nationalbibliografie; detaillierte bibliografische Daten sind im Internet über dnb.dnb.de abrufbar.

Titelbild Hintergrund: © Adobe Stock/cceliaphoto

Herstellung/Verlag: BoD – Books on Demand, Norderstedt

ISBN: 9783756817955

EINS

Gegenwart: 1990

Eine kleine Gruppe Partygäste ging lachend an dem roten Doge Daytona, der am Straßenrand parkte, vorbei. Inzwischen war es schon nach Mitternacht, und die Straßenlaternen beleuchteten die Straße nur geringfügig. Keiner der bisher erschienenen Gäste schien das Auto oder die darin sitzenden Männer zu bemerken. Sobald die Gruppe der Gäste im Eingang des schräg gegenüberliegenden Hauseingangs verschwunden war, kam Bewegung in den jüngeren der beiden Männer. Mit seinem dunklen Haar und der dunklen Polizeiuniform war er in dem Auto so gut wie unsichtbar. Ohne großes Interesse zündete er eine Zigarette an und zog lange daran. Durch das Klicken des Feuerzeuges und den sich im Auto verteilenden Qualm, erregte er die Aufmerksamkeit seines Kollegen. Auch er war im Dunkeln schwer auszumachen, nur seine Brille reflektierte manchmal das Licht der Straßenbeleuchtung.

„Du kennst die Anweisungen", knurrte er. Als habe er nichts gehört, nahm der Jüngere einen weiteren Zug und schaute dem Qualm, der aus seiner Nase kam, nach.

„Kann ich was dafür, dass wir schon seit mehr als zwei Stunden in diesem Auto sitzen, ohne die kleinste Ablenkung? Ich sage nicht, dass die Frauen auf dieser Party nicht einiges zu bieten haben, aber selbst dir sollte nach zwei Stunden schauen langweilig werden."

„Sind wir hier zur Unterhaltung? Kippe aus!"

Ohne eine Antwort abzuwarten, nahm ihm der Ältere die Zigarette weg und drückte sie auf seinem Handrücken aus.

Eine gute Stunde später öffnete sich an der Seite des großen Hauses vor ihnen eine Tür und schloss sich kurz darauf wieder. Das war das Signal, auf das sie gewartet hatten. „Endlich …“, stieß der jüngere Mann in Uniform genervt aus. „Konzentrier dich! Ich mag dich ja ungern erinnern, aber dein letzter Einsatz ging nicht so wie geplant, und das können wir uns hier nicht leisten. Mach deinen Job, oder du bist raus!“

„Ja, Mami!“ Wütend über die dauernde Zurechtweisung, klappte der Jüngere die Sonnenschutzblende herunter und warf einen Blick in den Spiegel, rückte seinen Schnurrbart zurecht und klappte sie wieder hoch. Sobald beide sich ihren Polizeigürtel umgeschnallt hatten, klebte sich auch der Ältere einen Schnurrbart unter die Nase, zog sich Handschuhe über, und beide steigen aus dem Auto.

Auf der Straße war weit und breit niemand mehr zu sehen, und die Männer steuerten auf das Haus zu, bei dem sich vor kurzem die Tür wieder geschlossen hatte. Nichts an der Nebentür deutete darauf hin, dass sie vor dem Isabella Steward Gardner Museum in Boston standen. Im Schein der Eingangsbeleuchtung waren sie nun gut zu erkennen. Beide Männer hatten eine stattliche Größe, dunkle Haare und trugen Polizeiuniform. Der Jüngere der beiden schien um die dreißig zu sein, auch wenn eine lange Narbe in seinem Gesicht ihn älter aussehen ließ. Sein Kollege war stämmiger gebaut, trug eine Brille und musste um die vierzig sein. Kurz verharrte sein Finger über der Klingel, bevor er sie drückte.

„Wir sind aufgrund des Alarms da, der laut Ihnen fälschlicherweise ausgelöst wurde. Wir müssen dies offiziell bestätigen“, informiert der junge Polizist den Wachmann, der gerade die Tür geöffnet hatte.

Ohne lange zu zweifeln, ließ dieser die Polizisten ein. Sobald sich die Tür geschlossen hatte, gingen die Männer in Polizeiuniform ihr vorher besprochenes Schauspiel durch.

„Sind Sie zusammen mit einem Kollegen im Dienst?"

„Ja, Sir."

„Rufen Sie ihn zu uns, wir brauchen Sie beide im Zusammenhang mit dem Fehlalarm, da wir Ihre beiden Aussagen protokollieren müssen. Ihr Name ist…?"

„Rick Abath, Sir." Scheinbar irritiert blickte der ältere Polizist auf.

„Rick Abath?"

„Ja, Sir." Verunsichert sah er die Polizisten an, die sich einen Blick zuwarfen.

Der Blick des zweiten Wachmanns hätte nicht verwirrter sein können, als er den Wachraum betrat und seinen Kollegen gefesselt antraf. Ehe er wusste, wie ihm geschah, legte einer der beiden Polizisten auch ihm Handschellen an.

„Hiermit sind sie verhaftet!", sagte er und lachte.

„Ich weiß nicht, wer Sie sind, aber ich habe nichts verbrochen, was Sie berechtigt, mich zu verhaften!"

Langsam ging der Polizist mit der Narbe auf ihn zu.

„Ich tu mal so, als ob ich das nicht gehört hätte. Wir wollen uns doch nicht in die Haare kriegen, und ich mag Leute, die viel Schwachsinn reden, nicht." Er blieb dicht vor dem zweiten Wächter stehen, der ihn vollkommen entgeistert anstarrte.

„Was wollen Sie!?", rief er verängstigt, aber auch empört, sobald er seine Stimme wiedergefunden hatte. Darauf erhielt er keine Antwort. Stattdessen griff ihm der Polizist in den Nacken und drückte ihn nach unten. „Vorwärts!", schnauzte der kräftigere Polizist, der dem ersten Wachmann die auf den Rücken gefesselten Hände schmerzlich weit nach oben drückte und ihn vorwärts stieß.

„Lassen Sie uns los!", rief der Wachmann, in einem letzten Versuch, frei zukommen noch einmal.

„Was hab ich von unnötigem Reden gesagt?!", drohte der junge Polizist. Zielstrebig steuerten sie die Wächter durch die Kellergewölbe, bis sie vor der Tür zum Heizraum stehen blieben.

„Öffnen!", knurrte der vordere Polizist, doch der Wächter weigerte sich und schwieg.

„Öffnen, habe ich gesagt!", rief der Mann erneut und drückte die Hand im Nacken des Wächters fester zusammen. Laut stöhnend versuchte der Wächter, sich aus dem Griff zu winden, gab sich aber bald geschlagen und schloss die Tür auf. Mit schnellen, routinierten Handgriffen fesselten die Polizisten die Wächter mit Gaffer Tape gemeinsam an einen Stützpfosten in der Mitte des Raumes.

„Hey, Sie können uns nicht einfach hier zurücklassen!", protestierte jetzt auch der erste Wächter lautstark.

„Ach nein?" Amüsiert zog der Polizist mit der Brille die Augenbrauen hoch.

„Ich würde sagen, wir können", lachte er und klebte ihm einen Klebestreifen über den Mund. Der einzige restliche Protest war ein leises „Hmpf".

Amüsiert drehten sich die Polizisten zur Tür um, dort angekommen blieb der letzte nochmal stehen.

„Keine Sorge, ihr werdet nochmal von uns hören, richtet das der Polizei aus."

Dann verließ auch er den Raum und schaltet das Licht aus. Geknebelt und gefesselt blieben die beiden Wächter im Dunkeln zurück.

The Boston Globe

Dienstag, 18. März, 1990

Kunstraub im Wert von mehreren Millionen Dollar

Boston - Als Polizisten verkleidete Diebe haben sich gestern in das Isabella Steward Gardner Museum eingeschlichen und 13 Werke gestohlen, darunter bedeutende Werke von Rembrandt, Degas, Manet und Vermeer, so Museumsbeamte und FBI. Der Wert der fehlenden Gemälde könne nicht genau bestimmt werden, da sie seit fast einem Jahrhundert nicht mehr auf dem Markt seien, so Karen Haas, amtierende Kuratorin des Museums. Ihrer Aussage nach liegt der Wert der Werke „bei hunderten von Millionen Dollar". Auf dem freien Markt könnten solche bekannten Werke ohnehin nicht verkauft werden, sagen Kunstexperten. „Es ist bei weitem der größte Diebstahl alter Meister in diesem Land", sagte Constance Lowenthal, Geschäftsführerin der Internationalen Fundation for Art Research in New York, die gestohlene Werke aufspürt. „Das Gardner Museum ist eine Schatzkammer, alles darin ist außerordentlich wertvoll, erstklassig und großartig", so Paul Cavanagh, Sonderagent des FBI in Boston. Er bezeichnete den Kunstraub als „professionellen Job, erst heute morgen gegen 7 Uhr wurde er bei Schichtwechsel entdeckt". Gestern, gegen 01:00 Uhr morgens, überzeugten die Diebe offenbar die Museumswächter, dass sie Polizisten seien und fesselten sie mit Klebeband, bevor sie sich auf den Weg zum holländischen Raum des Museums machten, sagte Cavanagh. Auch seien die Wachen nicht verletzt worden. „Dies ist einer dieser Diebstähle, bei denen die Leute tatsächlich einige Zeit mit Recherchen verbracht und ausgewählte Werke mitgenommen haben", fügte Cavanagh hinzu. Auch würden sich die Ermittlungen nicht auf die Vereinigten Staaten beschränken. Unter den gestohlenen Werken sind: „Das Konzert" von Jan Vermeer, „Eine Dame und ein Herr in schwarz", „Der Sturm auf dem See Genezareth" sowie ein Selbstporträt von Rembrandt. Neben weiteren Werken niederländischer und französischer Künstler war auch ein Bronzebecher aus der Shang-Dynastie von 1200 - 1100 vor Christi. „Es ist nicht übertrieben zu sagen, dass dies unbezahlbare Werke sind", so Lowenthal. Dem Museum, das um die Jahrhundertwende im Stil eines venezianischen Palastes aus dem 15. Jahrhundert erbaut wurde, sei kein Schaden zugefügt worden.

ZWEI

Gegenwart: 2023

Der Wecker reißt mich unsanft aus dem Schlaf. 05:30 Uhr. Verschlafen drücke ich auf die Schlummertaste und drehe mich auf die andere Seite des Bettes. Es ist viel zu gemütlich und warm, als dass ich die geringste Lust hätte, jetzt schon aufzustehen. Morgens bin ich immer am dankbarsten, mein Doppelbett mit niemandem teilen zu müssen. Genüsslich seufzend räkele ich mich über beide Seiten des Bettes. Keine zehn Minuten später reißt mich meinen Wecker wieder aus dem Schlaf, und ich strecke vorsichtig einen Fuß ins kühle Zimmer, ziehe ihn aber sofort wieder zurück. Da mein Wecker weiter klingelt, setze ich mich genervt auf und schalte ihn aus. Danach versuche ich möglichst schnell unter die warme Dusche zu kommen, um munter zu werden, bevor ich in 20 Minuten meine fünfjährige Tochter wecke. Unter der Dusche lasse ich mir das Wasser über das Gesicht laufen und versuche geradezu krampfhaft, nicht an den riesigen Papierstapel im Büro zu denken, der heute auf mich wartet. Ich hasse diesen Teil meiner Arbeit und schiebe ihn jedes Mal so lange vor mir her, wie es nur geht. Aber selbst bei der Kripo kommt man nicht daran vorbei. Trotzdem liebe ich meinen Job. Ich drehe das Wasser ab und steige aus der Dusche. Mit dem Handtuch rubble ich mir kurz über den Kopf, um das Föhnen zu vermeiden. Ich hasse föhnen. Als ich vor dem Spiegel stehe, starrt mich ein müdes Gespenst an. Ich sehe absolut lächerlich aus! Meine kurzen braunen Haare stehen in alle

Richtungen und ohne Wimperntusche sehe ich aus, als wäre ich blind. Nachdem meine Wimpern getuscht sind, schnappe ich mir meinen Bademantel und steuere auf Kylies Zimmer zu. Die Tür ist nur angelehnt und ich höre sie leise schnarchen. Ich schalte ihre Zimmerlampe an und rüttele sie sanft an der Schulter, damit sie aufwacht. Ihre kurzen, schwarzen, gekräuselten Haare liegen wie ein zweites Kissen um ihren Kopf herum. Wie ich, ist auch sie nicht der größte Morgenmensch, weshalb ich mir das vorsichtige Rütteln sparen könnte und sie gleich durch stärkeres Schütteln und Kitzeln wecken sollte. Wir beide brauchen morgens so lange, bis wir zum Frühstück kommen, deshalb stelle ich mir meinen Wecker immer 45 Minuten früher als notwendig. Müde blinzelnd öffnet Kylie die Augen und kneift sie gleich wieder zusammen.

„Hey Kylie, du musst aufstehen, ich habe Hunger!"

„Es ist noch so früh, Mama."

„Jap, Süße! Raus aus den Federn. Deine Klamotten habe ich dir auf den Stuhl hinter dem Bett gelegt. Außerdem kommt doch heute jemand aus dem Zirkus in die Schule!"

Müde reibt sie sich die Augen und steigt aus dem Bett. Ich muss zugeben, dass ich jedes Mal beeindruckt bin, wie schnell sie letztlich doch ist, da ich weiß, wie sich so ein Morgen anfühlt. Sobald Kylie sich anzieht, gehe ich in die Küche, um ihr Toast mit Marmelade zu machen. Für mich schmeiße ich Cornflakes und Milch in eine Schale und hoffe, dass es bis zum Mittag reicht, da ich absolut nicht in der Stimmung bin, den Herd anzumachen. Nach zehn Minuten kommt Kylie in die Küche getapst und lässt sich auf den Stuhl fallen, während ich noch dabei bin, uns einen Tee zu machen. Wir sind in den ersten Minuten des Tages nie besonders gesprächig und beginnen unser Frühstück schweigend.

„Mrs. Peterson sagt, wir sollen uns eine Person suchen, die wir beschreiben sollen", beginnt Kylie, nachdem sie ihren ersten Toast gegessen hat.

„Und?"

„Ich weiß nicht, wen ich nehmen soll."

„Wie wäre es mit Nat? Die kennst du schon lange und wir besuchen sie am Wochenende. Du kannst sie dir also nochmal anschauen."

Zweifelnd schaut Kylie mich mit ihren braunen Augen an. Ich kann förmlich sehen, wie sie nachdenkt, isst dann aber ohne eine Antwort schweigend weiter. Das macht sie manchmal. Dadurch nimmt sie sich die Zeit, darüber nachzudenken, bis sie ihre Antwort hat. Dann wird sie das Thema wieder aufnehmen. Viele wissen dann nicht, worüber sie spricht, aber man gewöhnt sich daran. Schweigend widmen wir uns wieder unserem Frühstück. Nachdem ich gegessen habe, fange ich an, den Tisch abzuräumen.

„Süße, auf geht`s, wir müssen uns fertig machen. Es ist schon kurz vor Sieben!" Das Aufräumen muss also bis später warten. Aus einem Grund, den ich bis jetzt noch nicht rausgefunden habe, läuft uns immer die Zeit davon. Auf dem Weg zum Bad greife ich nach Kylies Hand und renne los. Quiekend folgt mir Kylie und drängt sich vor mir ins Bad.

„Halt, Stopp – hier ist die Polizei! Das Verwenden vom Waschbecken ist von Kylie verboten!" Kylie hat sich vor dem Waschbecken auf den Hocker gestellt und versucht, ein ernstes Gesicht zu machen. Ich weiß, dass sie möchte, dass ich versuche, an ihr vorbei zu kommen und tue ihr den Gefallen. Laut lachend versucht sie, mich davon abzuhalten. Auch ich muss lachen und greife über ihren Kopf hinweg nach Zahnbürste und Zahnpasta. Beim Zähneputzen brauchen wir immer fast so lange wie beim Frühstück. Gemeinsam stehen wir vor dem Spiegel und blödeln rum. Vielleicht würden manche Eltern sagen, ich sollte ihr beibringen, richtig und vernünftig die Zähne zu putzen, aber das bin ich nicht. Abgesehen davon, macht sie ihre Sache nicht schlecht. Laut prustend beuge ich mich über das Waschbecken und spucke die Zahnpasta aus.

„Mama!", sagt Kylie, kichert aber dann selber los, da sie ihre eigene Grimasse offenbar genauso komisch findet wie ich. Während sie sich den Mund ausspült, nehme ich mir ihre dunkle Haarpracht vor, die schier unzähmbar ist.

Kurze Zeit später schaut uns eine Kylie mit zwei Zöpfen, die aussehen wie zwei kleine Pinsel, aus dem Spiegel an.

„Kylie, geh schon mal runter und suche deinen Rucksack für die Schule."

„Okay!", ruft Kylie und ist schon aus dem Bad. Wenn sie vor dem Zähneputzen noch nicht wach war, dann ist sie es spätestens jetzt. Für mich gilt das leider noch nicht. Dafür muss ich noch bis zum Kaffee auf der Arbeit warten.

„Mama, wo?"

„Auf der Küchenbank?" Schnell gehe ich in mein Zimmer und ziehe meine Uniform an. Es ist immer dasselbe – Kylie weiß nicht, wo ihr Rucksack ist, obwohl er am Abend davor noch da war.

„Nein, ich find ihn nicht", kommt es aus der Küche, bevor ich überhaupt meine Hose anziehen konnte.

„Ich helfe dir gleich, ich muss mich nur schnell noch selbst fertig machen." Mit einem kurzen Blick auf den Wecker ziehe ich mir meine Bluse über und verlasse das Zimmer.

„Schuhe anziehen, Kylie."

„Wo ist meine Tasche, Mama?", fragt Kylie noch einmal.

„Süße, zieh schon mal deine Schuhe an, und ich schau noch mal nach", sage ich, während ich mich schon auf den Weg ins Wohnzimmer mache. Leicht genervt rolle ich mit den Augen, als ich zwischen den Kissen ihre karierte Felix-Tasche finde. Wieder zurück, treffe ich meine Tochter fertig angezogen an und drücke ihr ihre Tasche in die Arme, bevor ich mir selbst meine Schuhe anziehe. Der Weg bis zu ihrer Schule ist nicht lang, und sie könnte auch leicht mit dem Schulbus hinfahren, aber da er auf dem Weg zu meiner Arbeit liegt, kann ich sie genauso gut mitnehmen.

„Nat ist in Ordnung", sagt Kylie plötzlich und reißt mich aus meinen Gedanken, die sich wieder um den Papierstapel im Büro drehen.

„Du kannst sie ja heute nach der Schule anrufen und ihr Bescheid sagen, sie wird sich bestimmt freuen."

An der Schule angekommen, drehe ich mich nach hinten um.

„Viel Spaß Kylie. Grüß das Zirkuspony von mir!"

„Mama, du magst doch gar keine Pferde!", ruft sie kichernd. Dann beugt sie sich vor und gibt mir einen Kuss, bevor sie aus dem Auto springt.

Ich schaue meiner kleinen Prinzessin nach, die das Wort „schlechte Laune" nicht zu kennen scheint. Ich erinnere mich noch an das erste Mal, als sie mich „Mama" genannt hat. Ich war überglücklich. Auf der anderen Seite tat es mir leid, dass ihre leibliche Mutter nie das Glück haben wollte, so von diesem Engel genannt zu werden. Eigentlich möchte ich es mir nicht eingestehen, aber seitdem schiebe ich es vor mir her, es Kylie zu sagen.

Nach drei Stunden lichtet sich mein Schreibtisch immer noch nicht. Zwischen Anzeigen über Ruhestörung und Vandalismus liegen auch noch Berichte über gestohlene Fahrräder da. Gerade als ich mich dem fast fertigen Bericht über den Bankraub in Portland widmen möchte, klopft es an der Tür.

„Ja?", rufe ich, woraufhin sich die Tür öffnet und der Kopf von Mr. Davis im Türrahmen erscheint. Seine blonden Haare sind nach hinten gegelt, aber sein Lächeln wirkt nicht ganz so arrogant wie sonst. Warum? Ich lege den Kopf schief.

„Ma`am, wissen Sie, wer Mr. Miller ist?"

„Ja, der alte Jack, was ist mit ihm?"

„Er ist letzte Woche in Rente gegangen, und jetzt wird sein Büro aufgeräumt. Dafür müssen alle Akten von dem Alten, die noch übrig sind, durchgesehen werden."

„Ist das normalerweise nicht seine Aufgabe?"

„Da haben Sie recht, aber der Gute war nie besonders ordentlich, weshalb es in der Vergangenheit immer wieder Probleme gab … Wir haben uns die Erlaubnis eingeholt, seine Akten zu sortieren."

Um Fassung ringend schließe ich die Augen und massiere meinen Nasenrücken. Dann frage ich:

„Und Sie stehen weshalb bei mir?"

Mr. Davis räuspert sich. „Na ja, Sie sind sehr gewissenhaft und ordentlich, und der Chef hält Sie für die Richtige für diesen Job." Daraufhin verschwindet er wieder aus der Tür und kommt kurz darauf mit dem Wagen, der normalerweise in der Kantine steht, wieder. Darauf stapeln sich einige Akten. Entgeistert schaue ich den Wagen und dann Mr. Davis an. Dieser lächelt nervös und verlässt auf dem schnellsten Weg mein Büro. Stöhnend reibe ich mir über das Gesicht und lasse mich nach hinten in den Stuhl fallen. Das ist einer der Momente, in denen ich bedaure, nicht zu rauchen, dann hätte ich mir nämlich jetzt eine Zigarette gegönnt. Nachdem ich den Wagen mit den Sachen vom alten Jack mit dem Fuß neben meinen Schreibtisch gezogen habe, schnappe ich mir die erste Mappe. Ich klappe sie auf und grinse. Anscheinend ist auch der alte Jack ein ganz normaler Polizist gewesen und hatte auch Fälle wie Fahrraddiebstahl auf dem Schreibtisch liegen. Vermutlich ein Albtraum eines jeden Polizisten oder zumindest von all denen, die ich kenne.

Als ich die nächste Akte aufhebe, segelt ein Dutzend Blätter heraus und verteilt sich auf dem ganzen Boden. Laut fluchend bücke ich mich, um sie wieder einzusammeln. Dabei bleibt mein Blick an einem einige Jahre alten Zeitungsausschnitt hängen. Es handelt sich um einen Artikel über einen

Kunstraub. Weder interessiere ich mich für Kunst, noch habe ich großes Interesse an Museen und Galerien oder irgendetwas in dieser Richtung, aber die Tatsache, dass der alte Jack diesen Artikel ausgeschnitten und immer noch aufgehoben hat, reizt mich, ihn zu lesen. Veröffentlicht wurde der Artikel 1990 vom *Boston Globe*.

Fasziniert lese ich den Artikel und erinnere mich, irgendwo schon mal darüber gelesen zu haben. Ich lege ihn auf meinen Schreibtisch und sammle die übrigen Zettel ein. Auch unter den Restlichen befinden sich noch ausgeschnittene Artikel, die meisten sind neuer. Um die 500 Millionen US-Dollar sind die Werke wert?! Ich schüttle den Kopf. Wer gibt so viel für Kunst aus? Ich wusste, dass er als der größte Kunstraub der Welt gilt und bis heute ungeklärt blieb, die Bilder verschollen. Aber dass es um so viel Geld geht, war mir nicht bewusst. Beim Durchgehen der heruntergefallenen Zettel fallen mir weitere Notizzettel zu dem Kunstraub auf. Jeder hat kleine Randnotizen in Jacks krakeliger Handschrift. Spontan entscheide ich mich, sie ihm demnächst vorbeizubringen, weil es keine offiziellen Papiere, sondern nur seine persönlichen Unterlagen sind. Mit diesem Beschluss lege ich sie zur Seite, widme mich wieder meinen Unterlagen und nehme mir vor, diese noch vor dem Mittagessen beim Chef abgegeben zu haben.

Laut mit den Töpfen scheppernd, stehe ich nach dem Abendessen in der Küche. Kylie hat sich mit ihren Malsachen an den Wohnzimmertisch gesetzt, das ist ihre Lieblingsbeschäftigung. Etwas, das sie definitiv nicht bei mir gelernt hat. Immer, wenn ich zum Malen einen Stift in die Hand nehme, kommen groteske Figuren dabei raus, über die Kylie sich sehr amüsiert. Ich stelle Teller und Pfannen in die Spülmaschine und schiebe sie zu. Dann schnappe ich mir noch etwas Nervennahrung aus dem Schrank und bringe auch Kylie eine

Schüssel mit Crackern mit. Ich war den ganzen Tag zu beschäftigt, um mir die Zettel und Notizen von Jack anzuschauen, jetzt ist es der perfekte Stoff für heute Abend.

„Süße, ich setz mich gleich zu dir", sage ich zu Kylie und bekomme ihr konzentriertes "hm" als Antwort. Ich gehe in mein Zimmer und hole den Papierstapel aus meiner Tasche, die auf dem Bett liegt. Mit dem Stapel in der Hand betrete ich wieder das Wohnzimmer und steuere auf unseren Couchtisch zu.

„Mama, du wolltest dich neben mich setzen - hier ist doch noch so viel Platz! Schau, ich rutsch auch noch." Kylie beugt sich vor und schiebt ihre Sachen alle auf die eine Seite der Malunterlage. Ich lächle.

„Ich habe Dokumente, die Wasserfarbe nicht so gern mögen."

Kylie schaut den Stapel skeptisch an, die Aussage kennt sie, ich bringe manchmal Dokumente mit nach Hause.

„Okay", sagt sie und dreht sich wieder um, „ich zeig dir einfach, was ich gemalt habe."

„Ein Bild noch, dann musst du eh ab in die Federn."

„Nein! Zwei!", protestiert Kylie lautstark.

„Wie auch immer … solange Schluss ist, wenn ich es sage!"

Ich gebe Kylie einen meiner Blicke, wenn ich es ernst meine, und ihr bleibt gar nichts anderes übrig, als ja zu sagen.

Als erstes möchte ich mir einen Überblick über die dagebliebenen Zettel machen und breite sie vor mir auf dem kleinen Tisch aus. Neben den Zeitungsartikeln, die ich schon gelesen habe, sind in der Sammlung auch Kopien damaliger Ermittlungen, Profile einiger möglicher Täter und Berichte über den Verlauf. Wenn ich es richtig interpretiere, lag Jacks größter Fokus auf den Werken. Auf manchen Zetteln sind die Werke einzeln mit Entstehung, Künstler und anderen Details notiert, auf anderen deren ehemaliger Aufenthalt im Museum, zusammen mit deren Geschichte. Man muss sich nicht beruflich damit beschäftigen, um zu wissen, dass solche Recherchen mühsam und zeitaufwändig sind. Ich werde einfach nicht schlau aus dem alten Jack. Warum interessierte er sich so für diesen Fall, und warum hatte er seine Recherchen in keinen Akten, sondern bloß auf seinem Schreibtisch liegen? Ich werfe Kylie, die nach wie vor mit Malen beschäftigt ist, einen kurzen Blick zu und vertiefe mich in den ersten Zettel, der mir in die Hände kommt. Es ist ein handgeschriebener Text über die ersten Ermittlungen in diesem Fall. Dabei hat Jack teilweise ganze Zeilen unterstrichen. Teile, die für mich keinen Sinn machen zu unterstreichen. Andere unterstrichene Stellen ergeben für mich wiederum mehr Sinn, weil es einfach Schlagwörter im Text sind.

Nicht alle Zettel sind handgeschrieben. Viele sind gedruckt und haben Bemerkungen an ihren Rändern und zwischen den Zeilen. Verwirrt versuche ich, mir einen Reim aus all diesen Aufzeichnungen zu machen. Als ich mich umdrehe, um auf die Wanduhr über mir zu schauen, springe ich erschrocken auf. Ich habe fast eine Stunde über den Dokumenten gesessen und gar nicht mitbekommen, wieviel Zeit vergangen ist. Ich gehe schnell zu Kylie an den Tisch rüber und lege ihr meine Hand auf den Rücken.

„Kylie, ins Bad mit dir! Es ist schon viel zu spät, morgen musst du früh raus." Wie eine Henne ihre Küken, scheuche ich sie vor mir her ins Bad und danach ins Bett. Nachdem ich bei ihr das Licht ausgemacht habe, gehe ich in die Küche und schütte Milch in den Milchshaker. Ich möchte es mir eigentlich nicht eingestehen, aber es wird eine lange Nacht. Ich kenne mich zu gut, um mir einreden zu können, dass ich in einer Stunde ins Bett gehe. Gedankenverloren kratze ich Vanilleeis aus der Packung und lasse es in die Milch fallen. Der Raub ist über dreißig Jahre her. Die Bilder sind unentdeckt. Die Diebe verschollen. Ich muss zugeben, ich bin beeindruckt. Die Tatsache, dass der Fall nie gelöst wurde, reizt mich. Ich glaube, ich kann den guten Jack verstehen, seine Ausdauer und Faszination. Nachdem ich üppig Nutella dazu getan habe, schalte ich den Milchshaker ein und höre dem Drehen der Milch zu, während ich meinen Gedanken nachhänge. Alles, was ich über den Fall weiß, ist, dass zwei verkleidete Diebe die Wächter überwältigt haben, innerhalb eineinhalb Stunden 13 Werke, hauptsächlich Ölgemälde, gestohlen haben und nie entdeckt wurden. Danach gab es jede Menge Verdächtige ohne Ergebnis. Mit dem Nutella-Eis-Milchshake in der Hand setze ich mich wieder an den Couchtisch und gehe die restlichen Notizen, Ausdrucke und Dokumente durch. Auf jedem sind Jacks Notizen. Dabei fallen mir vor allem die Zahlen an manchen Rändern auf.

Irgendwann hole ich meinen Computer aus meinem Zimmer, um mein klägliches Grundwissen über diesen Fall aufzustocken.

Zuerst wurde einer der Wächter der Beteiligung verdächtigt, bevor die Spuren in das Milieu der Mafia führten. Dabei stießen die Ermittler auf einige Morde, denen bis heute die Verbindung zum Kunstraub nicht nachgewiesen werden konnte. Auch die Belohnung von zehn Millionen Dollar hat nicht geholfen. Bei der Höhe der Belohnung haut es mich beinahe vom Sofa. Zehn Millionen! Noch nie war ich an einem Fall beteiligt, bei dem es um so eine hohe Belohnung ging. Obwohl ich ja eigentlich mit dem Fall gar nichts zu tun habe …

Erst gegen 03:00 Uhr bin ich so übermüdet, dass ich aufstehe und in mein Zimmer gehe. Trotzdem liege ich noch lange im Bett, ohne einzuschlafen. Meine Gedanken drehen sich um die gestohlenen Werke. Warum wurden ausgerechnet diese Bilder gestohlen? Warum sollte man Skizzen anstatt fertiger Bilder mitnehmen? Und wie ist ein Bild aus einem Raum verschwunden, in dem die Diebe laut Aufzeichnungen des Bewegungsmelders gar nicht waren? Egal wie ich es drehe und wende, ich komme zu nichts. Kein Wunder, die letzten dreißig Jahre haben Kommissare sich den Kopf darüber zerbrochen und nichts gefunden. Also wieso sollte ich jetzt sofort die Lösung haben. Noch im Halbschlaf beschließe ich, diese Woche nach Boston zu fahren und das Museum zu besuchen. Vielleicht hilft mir das etwas …

DREI

Donnerstag, zwei Tage später, sitze ich im Auto auf dem Weg zu Jack. Kylie ist heute bei ihrer besten Freundin, und ich nutze den freien Nachmittag, um bei ihm vorbeizufahren. Weil ich direkt von der Arbeit komme, habe ich immer noch meine Uniform an. Entnervt trommele ich auf mein Lenkrad. Wenn ich eines hasse, dann ist es Stau. Genau solche wie der, in dem ich gerade stehe – es bewegt sich rein gar nichts.

„… sagte Präsident Joe Biden. Er …" schnell schalte ich das Radio auf einen anderen Sender um, bis Countrymusik ertönt. Auch nicht viel besser, aber egal. Die Hand immer noch auf dem Regler, drehe ich die Lautstärke runter, um besser nachdenken zu können. Mein Blick wandert zu dem Beifahrersitz, auf dem Jacks Zettel liegen. Ja, ich hatte vor, sie ihm zu geben, aber was dann? Der Fall ist damit bestimmt nicht vergessen und um ehrlich zu sein, ich habe nicht die geringste Lust, wieder bei null anzufangen. Wird Jack weiter ermitteln? Unwahrscheinlich, der Alte ist in Rente und hat die Zettel zurückgelassen. Ha! Also meine Zettel! Ich muss über mich selbst grinsen. Was ist eigentlich los mit mir …

Etwas nervös biege ich einige Zeit später in die Straße ein, in der Jack wohnt. Sein Haus ist ein einstöckiges, mittelgroßes Haus mit einem großen Rasen im Vorgarten. Ein typisches amerikanisches Haus. Ich schnappe mir die Zettelsammlung und überquere die Straße, warum bin ich so nervös? Es ist eigentlich kein größeres Ding. Ich habe Fragen und seine Zettel. Wenn alles gut geht, habe ich nachher ein paar Antworten, vielleicht Hinweise und immer noch seine Zettel. Okay, in der

Arbeit heißt es, er sei genial, aber unmöglich – na und? Oder? Ich atme einmal tief durch und drücke auf die Klingel.

Das Wohnzimmer von Jack ist einfach, aber ganz nett eingerichtet. An einer Wand hängen Familienbilder. Irgendwie finde ich es komisch, Jack hier in seiner Wohnung zu sehen. Ich kann viel tiefer blicken, als in der Arbeit, und er wirkt verletzlicher. Unwohl schaue ich mich um. Ich habe kein Recht, hier zu sein. Weder hat er etwas verbrochen oder steht im Verdacht dessen, noch kenne ich ihn gut. Trotzdem stehe ich hier, also muss ich das Beste daraus machen.

„Was brauchen Sie?“ Jack ist ein nicht besonders großer Mann, mit weißen Haaren und großem Bauch. Nachdem ich ihm gesagt hatte, ich würde gerne reinkommen, sah er nicht glücklich aus. Er ist einfach wieder rein gegangen und hat es mir überlassen zu folgen oder nicht. Ohne mein Gesicht zu verziehen, schaue ich auf Jack runter, der es sich in seinem Sessel bequem gemacht hat. Bis jetzt erfüllt er definitiv alle Gerüchte, die es über ihn in der Arbeit gibt. Etwas unwohl schaue ich mich in seiner Wohnung um. In gewisser Weise kann ich ihn verstehen. Nach einem letzten Blick auf das Bild von ihm und seinem Hund, lasse ich mich ihm gegenüber auf das Sofa fallen und richte meine Aufmerksamkeit auf ihn. Dann greife ich in meine Tasche, ziehe die Zettel hervor und lege sie auf den Tisch. Unverwandt starrt Jack mich an. Ich fürchte, wir beherrschen beide von der Arbeit das Pokerface.

„Ich musste Ihre Akten sortieren“, füge ich erklärend hinzu. Jack gibt nur ein Grunzen von sich, das man als amüsiert deuten könnte.

„Sehr lustig“, sage ich leicht genervt. Anstatt sich über mich lustig zu machen, könnte er sich bedanken, immerhin waren es seine Sachen.

„Ich habe diese Zettel zwischen Ihren Akten gefunden. Eigentlich hatte ich nur vor, sie Ihnen vorbeizubringen, und … naja, sagen wir, ich habe meine Meinung geändert.“ Prüfend schaue ich Jack an, um festzustellen, ob ich mit weiteren Fragen in ihn dringen kann.

„Wussten Sie, dass Sie diese Zettel noch immer haben?"

„Nee." Überrascht schaue ich auf. Damit hatte ich nicht gerechnet.

„Sie können sie sich mal anschauen, vielleicht fällt Ihnen dann wieder ein, von wann sie sind." Ich schiebe Jack seine Zettel rüber, und er wirft nur einen kurzen Blick darauf. So viel zu `ich wusste nicht mehr, dass die da waren´.

„Was bedeuten die Zahlen an den Rändern und zwischen den Seiten?" Kurz sah es so aus, als wüsste er nicht, worüber ich rede, doch dann räuspert er sich.

„Jede Zahl steht für eine Farbe. Sie haben nichts zu bedeuten. Ich hatte eine Phase, in der ich mich auf die Farben der Bilder konzentriert habe."

„Sie meinen, jede Farbe hat ihre eigene Zahl, so wie es Muster gibt, die Kinder ausmalen können?"

„Ja."

„Waren Sie früher bei den Ermittlungen dabei?"

„Wird das ein Verhör oder was haben Sie vor?"

„Ich kann Sie nicht verhören." Mir ist klar, dass ich mich bei ihm auf dünnem Eis bewege. Er beherrscht das Handwerk mindestens so gut wie ich.

„Warum tun Sie es dann?"

„Tu ich das?" Irgendwie muss ich ihn dazu bringen, von seinem hohen Ross herunterzukommen. Er muss sich ja nicht gleich mit mir zusammentun, aber ich bin mir sicher, dass sein Wissen eine Unterstützung sein könnte.

„Diese Zettel sind Ihre eigenen Aufzeichnungen und Ideen, die Sie nie mit den offiziellen Ermittlungen geteilt haben. Hab' ich Recht?"

Obwohl es meine Absicht war, ihn etwas aus der Reserve zu locken, schrecke ich fast zusammen, als Jack laut auflacht.

„Da könnten Sie Recht haben, und ich dachte, Sie seien so ein Spießer, dass Sie da nicht mal draufkommen!"

„Spießer, weil ich alle meine Fälle bis jetzt gelöst habe und Ihren Saustall aufräumen musste?" Okay, bis auf einen, aber das verdränge ich gerne.

„Jap." Jetzt ist es an mir, in schallendes Gelächter auszubrechen. Viele Leute in der Arbeit denken, ich sei spießig, distanziert und kühl. Die Ironie daran ist, dass alle Menschen, die mich wirklich kennen, genau das Gegenteil über mich sagen.

Ich versuche, mich zusammen zu reißen und wieder auf den Boden der Tatsachen zurückzukommen. Ich bin hierher gekommen, weil ich … ja was, Antworten wollte, Hilfe? Um ehrlich zu sein, genau weiß ich es selbst nicht wirklich.

„Waren Sie mit den Ermittlungen vertraut?", frage ich noch mal. Er sieht nicht so aus, als wolle er antworten, ändert aber dann seine Meinung.

„Ja."

Na, besten Dank auch. Nicht, dass ich mich mit zu vielen Wörtern rumschlagen muss. Ich überlege, ob ich darauf etwas antworten soll, entscheide mich aber dann dagegen und stelle ihm weitere Fragen.

„Waren Sie schon mal in Boston?"

„Ich bin dort geboren und habe meine ersten Dienstjahre dort verbracht, also ja." Er bessert sich. Zumindest ist diese Antwort schon länger.

Je länger wir uns unterhalten, desto mehr verliert er seine Wortkargheit. Ich hätte nie gedacht, sein Humor, der darunter hervorkommt, wäre so trocken. Etwas in seinen Zügen erinnert mich schmerzhaft an jemanden, nur leider weiß ich nicht, an wen.

Im Laufe der Zeit bekomme ich den Eindruck, dass Jack sich darüber ärgert, den Fall nicht gelöst zu haben. Ich würde mal auf verletztes Ego tippen. Kann ich nur zu gut nachvollziehen.

Sein "Na dann viel Glück" zum Abschied war mehr ironisch als ernst gemeint, und auch ich konnte mir eine provozierende Bemerkung zum Schluss nicht verkneifen.

Zu Hause nutze ich noch die Zeit, bis ich Kylie von ihrer besten Freundin abholen muss, und arbeite weiter an dem Fall. Mit dem neuen Wissen, das ich von Jack habe, gehe ich seine Notizen noch einmal durch. Besonders konzentriere ich mich auf die Zahlen für die Farben. Ich versuche, so viel wie möglich darüber zu erfahren, um ein Gefühl dafür zu bekommen, auch wenn ich das Wissen vielleicht nie brauchen werde. Jack hat mir nicht viele neue Informationen geben können oder wollen, trotzdem – ich finde, mein Besuch hat sich gelohnt. Irgendwann gehe ich von den Zahlen zu der Bilderliste von Jack über und erweitere jetzt seine Liste über die Künstler und die gestohlenen Bilder. War ja mal wieder klar, dass ich einen Fall nehme, von dem ich gar nichts weiß. Ich meine, mag ich Kunst? Nee. Kenn ich mich gut damit aus? Auch nicht. Ich schüttele selbst über mich den Kopf. Ella, Ella, Ella. Dafür finde ich die Vorgänge des Raubes und die damaligen Ermittlungen sehr spannend. Allein, dass dort ein Gemälde aus einem Raum gestohlen wurde, in dem die Diebe nicht waren, ist sensationell und meiner Meinung nach viele schlaflose Nächte wert.

Nach einem kurzen Blick auf die Uhr springe ich fluchend auf. Fuck! Verdammt noch mal, warum läuft mir immer die Zeit davon! Manchmal denke ich, ich hätte es Kylie nicht antun dürfen und erstmal mein Leben in Ordnung bringen sollen. Früher gab es einige Nächte, in denen sie bei meinen Freunden geschlafen hat, weil ich Nachtdienst hatte. Ich habe mich dafür gehasst. Aber ihr scheint es nichts auszumachen. Im Gegenteil, sie sieht meine Freunde wie ihre Familie an und jetzt hatte sie länger Zeit mit ihrer Freundin. Das größere Problem sind meistens die Erwachsenen, die eine feste Vorstellung von Elternsein haben und in deren Vorstellung passe ich nun mal nicht rein.

Auf der Fahrt denke ich immer noch über den Fall nach. Ich muss unbedingt eine Liste der bisherigen Verdächtigen schreiben. Warum gab es so viel Tote unter den Verdächtigen? Zufall oder geplant? Je mehr ich darüber nachdenke, desto komischer finde ich die Sache. Manchmal zweifele ich schon etwas an der Kompetenz der damaligen Ermittler. Nichts für ungut, Jack. Warum kam ein Bild aus einem Raum weg, in dem die Diebe gar nicht waren, aber der Wächter? Ist es nicht offensichtlich, dass das nicht geht? Das Ding ist, die hatten ihn schon mal am Haken, und haben ihn laufen lassen. Kopfschüttelnd steige ich aus dem Auto.

Ich habe die letzten eineinhalb Stunden im Auto gesessen, und mein Körper gibt mir beim Strecken durch ein Knacken zu verstehen, dass das zu lang war. Dann sind wir uns ja einig, denke ich. Ich habe ein paar Straßen vom Isabella Stewart Gardner Museum entfernt geparkt, und auf dem Weg dorthin verschaffe ich mir einen groben Überblick. Das Museum steht in einem Stadtviertel mit roten Backsteinhäusern, an den Straßen stehen viele Bäume und spenden Schatten. Gegenüber dem Museum befindet sich eine Uni, aber an Parkplätzen scheint es nicht zu mangeln. Hier sind wirklich viele Parkplätze! Allein in den wenigen Minuten, die ich zum Museum gehe, finde ich drei große Parkplätze. Stirnrunzelnd denke ich an Portland, wo es an eine Sensation grenzt, einen Parkplatz in der Innenstadt zu finden. Der Eingang des Museums liegt gegenüber einer kleinen Grünfläche, in einem neuen Anbau des Museums, der zu Zeiten des Raubes noch nicht existierte. Schnell stelle ich mich in die lange Schlange, die in der heißen Spätsommersonne dahinkriecht. Schon nach wenigen Minuten wünsche ich mir, ich wäre etwas organisierter und hätte meine Dienstmarke mitgenommen. Genervt darüber, dass ich mich selbst zu langem Anstehen verdonnert habe, warte ich, bis ich an die Reihe komme.

Sobald ich mit dem Ticket in der Hand in den Originalteil des Museums komme, falte ich meine Übersichtskarte auseinander und gehe langsam weiter, während ich meine Karte studiere. Als ich aufblicke, bleibe ich wie festgefroren stehen. Vor mir ist ein Arkadengang, der auf der rechten Seite fast durchgehend eine Wand aus rotem Backstein hat, auf der linken Seite aber große Bögen, die von verzierten Säulen gehalten werden. Durch die Bögen kann man auf einen wunderschönen Innenhof sehen, der wie ein kunstvoller Miniaturgarten aussieht. In der Mitte befindet sich eine Mosaikfläche, die von Rasen, Marmorstatuen, Palmen und anderen südländischen Pflanzen umgeben ist. Außen herum geht ein eckiger Kiesweg. Auch zwischen Weg und dem Haus sind weitere Pflanzen. Ich ertappe mich dabei, wie ich mit offenem Mund nach oben schaue. Das Museumsgebäude ist laut Informationskarte im venezianischen Stil gebaut. Aber das könnte mir jeder sagen, weil ich dabei absolut planlos bin. Die Fenster sind sehr schmal und hoch und laufen oben in kunstvollen Verzierungen zusammen. Die bodentiefen Fenster und die Arkaden der Stockwerke über mir haben ein steinernes Geländer. Durch das Glasdach über dem Innenhof kann ich die Wolken vorbeiziehen sehen. Ich zwinge mich, die Augen von dem Innenhof loszureißen und mache mich langsam auf den Weg, die Räume zu finden, aus denen die Werke gestohlen wurden.

Zuerst schlendere ich im Erdgeschoss von einem Zimmer ins andere. Ich muss zugeben, das Museum ist unglaublich! Jeder Raum ist liebevoll gestaltet und mit Werken, Möbeln und anderen Dingen aus einer Zeit oder einem Ort ausgestattet. Nichts in diesem Museum wirkt wie eine Ausstellung, sondern eher wie ein privates Wohnhaus. Ich hätte ehrlich nie gedacht, dass mich diese Kunst so fesseln könnte. Jedes Zimmer hat seinen eigenen Charme.

Auf das nächste Zimmer bin ich besonders gespannt. Die Wände sind mit blauer Tapete bedeckt, was dem Zimmer den Namen *Blue Room* gibt. Logisch. Durch zwei halbe Wände von beiden Seiten des Raumes, entstehen kleine Nischen, in denen Schreibtisch oder Sofa stehen. Was mich aber interessiert, ist, dass aus diesem Zimmer ein Bild von Manet gestohlen wurde. Nicht nur gestohlen, sondern sogar ohne dass einer der Diebe den Raum je betreten hat! Die einzigen Bewegungen, die in dieser Nacht hier aufgezeichnet wurden, kamen von dem Wächter, Rick Abath. Langsam gehe ich durch den Raum und schaue mir alles genau an, um es mir einzuprägen und auch zuhause noch abrufen zu können. Ich bin nicht die erste, die sich den Kopf über das Verschwinden besonders dieses Bildes macht. Aber mal ganz ehrlich, leicht ist es wirklich nicht. Kann es nicht auch sein, dass das Bild schon ein paar Tage vor dem Raub weg war und keinem der Wächter ist es aufgefallen? Wenn ja, machen sie einen noch mieseren Job, als allgemein bekannt ist. Wenn nein, dann kommen aus meiner Sicht nur zwei weitere Personen, die Wächter von diesem Abend, in Frage und beide wurden freigesprochen. Zu dumm, hieß es. Dass ich nicht lache!

Das Bild wurde mit Rahmen mitgenommen und nichts deutet darauf hin, dass es je dagewesen ist. Beim Verlassen des Raumes bleibe ich vor einem Bild mit wunderschönem Holzrahmen stehen. Das darin eingerahmte Bild einer jungen Frau ist nicht unbedingt mein Geschmack, dafür ist aber der Rahmen sehr schön.

Eine Bewegung vor der Tür lenkt mich ab. Ich sehe gerade noch den Wächter in seiner Uniform vorbeigehen und trete auf den Arkadengang hinaus. Zielstrebig steuert der Wächter auf den hinteren Teil zu, von dem ich weiß, dass dort das Wächterzimmer ist und der Nebeneingang liegt, durch den die Diebe kamen. Sobald er in dem Torbogen verschwunden ist, gehe ich ihm unauffällig hinterher. Warum nicht einen kurzen Blick in den Raum des Geschehens werfen, wenn ich schon da bin? Als ich um die Ecke komme, steht der Museumswächter mit dem Rücken zu mir und ist damit beschäftigt, die Tür zu öffnen. Mit einem satten „klack" gibt das

Schloss nach, und er zieht die Tür auf. Sobald er verschwunden ist, laufe ich schnell hin, damit die Tür nicht wieder ins Schloss fällt. Dass ich dort keine Hinweise finde, ist mir klar. Vielleicht kann ich mir aber einen Überblick verschaffen, wenn ich nicht entdeckt werde. Der Raum, in dem ich stehe, ist nicht sonderlich groß. Außer einem Tresen wie am Empfang eines Hotels und einem Regal mit Akten gibt es nicht viel in diesem Raum. Nachdem ich überprüft habe, dass niemand in der Nähe ist, schleiche ich mich an den Tresen. Die ganze Rückseite ist mit Bildschirmen, die die verschiedenen Räume des Museums zeigen, bedeckt. Wahrscheinlich sollte hier jemand sitzen, tja mein Glück. Ich gehe schnell zu dem Regal mit den Akten rüber und gehe stichpunktartig die Aufschriften der Ordnerrücken durch. Viel Zeit räume ich mir nicht ein, weil der Wächter, der mir netterweise die Tür geöffnet hat, jederzeit wiederkommen kann. Außerdem habe ich ja keinen Verdacht, hier sei etwas komisch, sondern bin lediglich neugierig. Gerade, als ich wieder abhauen möchte, höre ich Schritte aus dem Nebenzimmer. Ich laufe schnell auf die Tür zu und verstecke mich dort in einer Nische. Keine zwei Sekunden später kommt der Wächter wieder an mir vorbei und verschwindet durch die Tür aus dem Wachraum. Glück gehabt. Ich warte noch kurz in meinem Versteck, um ihm Vorsprung zu geben, und verlasse dann auch den Wächterraum. Das war wieder eine meiner typischen Aktionen, die eigentlich keinen Sinn ergeben. Ich hätte da nicht reinschauen müssen, und das war mir von Anfang an klar. Wie auch immer.

Im zweiten Stock angekommen, stehe ich in einem Gang, der in einem tiefen Blau gestrichen und mit lauter netten Dingen gefüllt ist. Zuordnen kann ich sie, wie in den anderen Zimmern auch, nicht. Vor einem Fenster, das in den Innenhof geht, bleibe ich stehen und schaue runter. Auch von hier oben ist er wunderschön und seine symmetrische Anordnung ist noch deutlicher zu sehen.

Sobald ich das anliegende Zimmer erreicht habe, starrt mich ein verschnörkelter, goldener, leerer Rahmen an. Fasziniert betrete ich das Zimmer. Zwei Bilder weiter ist wieder ein leerer Rahmen. Mir läuft eine Gänsehaut über den Rücken. Ich bin, als Kommissarin, aus Neugier und Faszination für die Aufklärung von Verbrechen, an dem Raub interessiert, aber die leeren Rahmen geben diesem Raum auch ohne dieses Interesse eine ganz andere Spannung, als die anderen Räume sie haben. Das Zimmer wirkt dadurch nicht leerer, eher … als ob in dem Raum viel mehr wäre, als man sieht. In den Bann gezogen, gehe ich durch das Zimmer und schaue mir alles genau an. Mir ist klar, dass ich keine Spuren mehr finden werde. Dafür ist es zu lange her, und es waren zu viele Menschen in diesem Raum. Trotzdem schaue ich mir die Rahmen und wie sie aufgehängt sind, genau an. Manche der Rahmen haben den Namen des Künstlers mit eingearbeitet, andere Jahresdaten. Beides ist nichts Besonderes, das ist mir auch schon in den anderen Räumen aufgefallen. Andere Dinge, wie die gestohlene Bronzefigur, sind einfach weg, ohne sichtbare Erinnerungen zu hinterlassen.

Ich bin die Letzte, die man zum Thema Zeit fragen sollte, aber ich halte mich bestimmt eine Dreiviertelstunde in diesem Zimmer auf, bevor ich weiter in die angrenzenden Räume gehe. Keine drei Zimmer weiter stehe ich in einem Raum, der definitiv eher wie ein Durchgang aussieht, aber wie ein Wohnzimmer eingerichtet ist. Das Zimmer ist sehr schmal, hat drei Türen und ist grün angestrichen. Kein Zimmer für mich – zu viele Türen. Was mich aber besonders in den Bann zieht, ist die Tatsache, dass meine Karte mir sagt, dass dieses Zimmer eines der drei Räume ist, aus dem Werke gestohlen wurden. An einer der Wände steht ein einfacher Holzschrank, dessen Vorderseite mit Bildern behängt ist. Eine seiner Türen ist allerdings leer. Wahrscheinlich die ehemalige Stelle der gestohlenen Skizzen. Außer weiteren Skizzen sind Bücher und Vasen in dem Zimmer. Ich schaue mich noch etwas in diesem Zimmer um und lasse mich dann stöhnend auf den Kasten vor dem Schrank sinken. Was immer das ist. Ich habe nie damit gerechnet, neue Hinweise zu bekommen, das ist einfach nicht logisch, aber irgendwie habe ich es doch gehofft. Ergibt das Sinn? Keine Ahnung. Ich habe Hunger, und ohne genug Essen funktioniert mein Gehirn nicht. Das zumindest ist eine Sache, bei der ich mir absolut sicher sein kann.

„Sie dürfen hier nicht sitzen, Madame! Bei allem Respekt, aber das ist ja die Höhe!" Eine alte, verkniffen aussehende Frau steht in einer der drei Türen und zeigt mit dem Stock auf mich. Ich habe ja schon gesagt, so ein Zimmer wäre nichts für mich. Man kann nie alle Türen auf unerwünschte Besucher überwachen.

„Entschuldigung, Ma`am", sage ich und verlasse schnell das Zimmer. Eigentlich finde ich es schade, dass ich mir nicht mehr das restliche Museum anschauen kann, aber die Räume, die für meinen Fall interessant sind, habe ich gesehen und mehr bringe ich mit leerem Magen nicht zustande. Also gehe ich auf dem direkten Weg zum Ausgang.

Als ich das Museum verlasse, schlägt mir die Hitze voll entgegen. Über Google-Maps suche ich mir das nächste Café raus und mache mich auf den Weg.

Zwanzig Minuten später sitze ich in einem netten Café an einem Fenster, mit Blick auf eine belebte Straße und trinke meinen doppelten Espresso. Vor mir liegen ein Blaubeer-Muffin und mein zerfledderter Notizblock. Meine Laune ist immer noch im Keller, dafür war ein Muffin noch zu wenig. Mit den Augen verfolge ich einen Lieferanten, der zu seinem Laster geht. Über die ganze Länge des kleinen LKW schaut mich eines dieser Bilder an, die man unterschiedlich sehen kann: Auf den ersten Blick sehe ich zwei Köpfe im Profil.

Erst gefühlt Stunden später die Vase, die davor nur der Hintergrund war. Unter der Werbung steht „Wir füllen den Markt". Mich faszinieren diese Bilder. Mein Versuch, selbst eines zu machen, ist aber, um ehrlich zu sein, kläglich gescheitert. Hungrig wende ich mich von der Werbung ab und schenke meinem Blaubeer-Muffin meine ungeteilte Aufmerksamkeit.

FÜNF

Dank Kylie klingele ich einigermaßen pünktlich bei meiner Freundin Grace. Kylie konnte es nicht abwarten, endlich alle meine Freunde wiederzusehen und drängte mich die ganze Zeit.

Die Tür geht auf, und Olivia fällt mir stürmisch in die Arme, bevor auch Kylie in die Zange genommen wird. Olivia ist relativ groß und hat blonde, lange Haare, die ihr immer ins Gesicht fallen. Wie ich, ist sie sehr sportlich, legt aber im Gegensatz zu mir mehr Wert auf ihr Äußeres.

„Na, meine Große, ihr seid ja früh da!", sagt sie gespielt überrascht zu Kylie und ruft nach drinnen „Ella und Kylie sind schon da!"

„Sehr lustig, irgendwer muss nun mal als letztes kommen, und ich bin so nett und übernehme diese Aufgabe. Wo bleibt das Dankeschön?" Ich grinse.

„Du hast recht. Das ist eine sehr ehrenvolle Aufgabe!", gluckst Olli. Keiner von uns nennt sie bei ihrem Geburtsnamen. Für uns ist sie einfach nur Olli.

Strumpfsockig spaziere ich ins Wohnzimmer, wo es sich Kylie schon auf dem Sofa gemütlich gemacht hat und sich schön bedienen lässt.

„Hey, alle zusammen!"

„Na, wer ist denn da!? Ist Kylie gelaufen oder warum kommst du später als sie?" Ich strecke Beni, der neben meiner Tochter sitzt, die Zunge raus.

„Das habe ich gesehen, Mama!" kräht sie.

Ich lasse mich neben ihm und Nat ins Sofa sinken und lasse meinen Blick durch Grace' Wohnung schweifen. Sie sieht komplett anders als das letzte Mal aus. Überall hängen alte Bilder, die die Modernen ganz verdrängt haben. Schade, ich mochte sie.

„Sind sie nicht schön?", fragt Grace begeistert, um dann weiterzureden, ohne mir Zeit zu lassen, ihre Frage zu beantworten.

„Diese Bilder haben schon so viel erlebt", schwärmt sie.

„Denk nur mal daran, wie lange es her ist, dass sie gemalt wurden, und was sie alles schon gesehen haben! Ok, die vielleicht nicht unbedingt, das sind Kopien, aber … das Original von dem zum Beispiel wurde vermutlich schon um 1412 gemalt und …"

Lukas, der mir gegenüber sitzt, beugt sich vor und flüstert mir leise zu: „Grace hat einen neuen Freund". Bedeutsam hebe ich eine Braue. Das erklärt alles. Also kein neues Phänomen, stelle ich fest und lehne mich beruhigt zurück. Prüfend schaue ich mir die Bilder an.

„Was hältst du von diesem Bild?", fragt mich Grace. Mist, ich habe nicht zugehört. Das Problem ist, sobald sie ihr Thema gefunden hat, kann sie ewig weiter reden, und wir haben uns angewöhnt, so lange auf Durchzug zu schalten.

„Ähm – ganz nett, vor allem diese Grüntöne! Die passen hervorragend zu der Stimmung."

„Ja, das finde ich auch!", pflichtet Grace mir bei. Jetzt kann ich mir mein Grinsen auch nicht mehr verkneifen, und wir lachen alle los. Diese Witze gehen immer auf ihre Kosten.

„Welche Geschichte hat dieses Bild?", fragt Kylie und Grace dreht sich zu ihr um, offensichtlich froh, dass wenigstens jemand in diesem Raum ihre Kunst zu schätzen weiß. Aber das ist Kylie einfach. Interessiert an allem. Ich drehe mich zu meinen Freunden um. Heute ist die ganze Truppe zusammen. Außer Beni, Olli, Grace und Nat sind auch Logen und Lukas da.

„Was hat sie euch schon alles über ihren Freund erzählt? Warte, lasst mich raten: Er ist die Liebe ihres Lebens, er ist etwas ganz Besonderes, er ist leidenschaftlicher Künstler und hat demnächst seine eigene Ausstellung. Ach, und es fühlt sich an, als ob sie sich schon ewig kennen.“

„So falsch liegst du gar nicht. Er ist Hobbykünstler und sammelt alte Gemälde, mit denen er sich anscheinend sehr gut auskennt“, antwortet Logen.

„Fragt mich nicht, wie sie das beurteilen möchte, Leute. Solange er nicht, wie der letzte, Tassen mit Aufschrift sammelt, bin ich froh. Mein Vorrat an Tassen ist nämlich für die nächsten Jahrzehnte gedeckt“, quatscht Nat dazwischen.

„Außerdem heißt er Aaron und ist fünfzig Jahre alt“, vollendet Logen seine Zusammenfassung. Er ist von uns allen der Gewissenhafteste, was uns anderen oft tierisch auf die Nerven geht.

„Na, das wichtigste also.“

„Trinken?“, fragt Grace, die anscheinend mit ihrer Geschichte fertig ist.

„Ich helfe dir“, biete ich an und folge ihr in die Küche. Dort bleibe ich wie angewurzelt stehen. An der Wand vor mir hängt ein großer, leerer Rahmen. Grace folgt meinem Blick.

„Schon wieder! Dieses verdammte Bild fällt immer wieder aus dem Rahmen. Er ist eigentlich viel zu groß für die Kopie, aber ich finde ihn schön. Das Problem ist, dass es immer hinter der Küchenablage verschwindet.“ Zeternd macht sie sich an die Arbeit, es wieder raus zu holen.

„hann bu schon hi prinken fingen?“ fragt Grace von unten.

„Was soll ich?“ Grace ist nicht die schlankeste und auch nicht sehr sportlich und schnauft wie ein Walross.

„Kannst du schon die Getränke bringen?“, fragt sie, als sie wieder rausgekrochen kommt.

„Klar". Nach einem letzten Blick auf den leeren Rahmen, der mich anscheinend verfolgt, bringe ich die Getränke zu meinen Freunden. Irgendetwas hat dieser leere Rahmen in mir angestoßen. Mit seinen goldenen Verzierungen sieht er denen im Museum sehr ähnlich. Er spricht genau das Gefühl an, das ich dauernd im Museum hatte. Das Gefühl, etwas übersehen zu haben. Aber was? Wie können über 30 Jahre Ermittlungen etwas übersehen, andererseits haben sie auch noch nichts gefunden. Die Wächter, denke ich genervt. Ich komme immer wieder an der Stelle raus, dass ich über die Tatsache stolpere, dass nur während des Kontrollgangs eines Wächters in dieser Nacht Bewegungen aufgezeichnet wurden. Er wurde laufen gelassen, weil er zu dumm ist. Seit wann ist Dummheit gleich Unschuld!? Vielleicht war er wirklich zu dumm, okay, aber er könnte trotzdem Arbeiten für andere übernommen haben, von denen man bis jetzt noch nicht mal weiß, dass es sie gibt. Wie auch immer. Als ob ich meine Gedanken so loswürde, schüttele ich den Kopf und wende mich Nat zu. Sie steht mit zwei Gläsern Rotwein in der Hand vor mir und schaut mich fragend an.

„Vergiss es", rufe ich, „ich werde bestimmt keinen Alkohol mehr in diesem Leben anrühren!"

„Einen Versuch war es wert", sie schaut mich frech an und grinst. Mich graust es immer noch, wenn ich an die Feier vor sieben Jahren denke, an der ich … na ja nicht ich selbst war und werfe ihr deshalb einen finsteren Blick zu.

Der Abend verspricht lustig zu werden. Beni hat die Sachen für das Essen vergessen, und wir bestellen bei *Pizza Hut*. Um ehrlich zu sein, ist niemand darüber traurig. Mit der Pizza in der Hand sitzen wir auf dem Sofa und erzählen uns die komischsten Geschichten. Viele davon kennt schon jeder, sogar Kylie, aber niemanden stört das. Wenn wir zusammen sind, ist auch der schlechteste Witz gut. Ich merke, wie sehr ich es jedes Mal genieße, Zeit mit diesen Verrückten zu verbringen. Wahrscheinlich gehöre ich da auch dazu …

„Und Kommissarin, erzählen Sie mir nicht, bei Ihnen wäre nichts los, letztens erst wurde meine Handtasche gestohlen!“ Nat blinzelt mich über ihr Glas hinweg an.

„Bis vor kurzem nicht viel, Ma`am!“, antworte ich gespielt spießig.

„Hört, hört, da hat wer jemanden am Haken. Jemanden, den wir kennen? Wäre doch allzu schön, mal wieder Bekannte zu treffen. Wir wollen uns nicht zu viele Namen merken müssen.“ Ja klar, weil ich ihnen auch immer von meinen Ermittlungen erzähle.

„Schon mal vom Isabella Steward Gardner Museum gehört?“ frage ich in die Runde.

„Jap. Sag nicht, du suchst die Bilder. Das ist kein Fisch, das ist ein Wal. Dafür reicht dein Angelhaken nicht, das weißt du schon Ella?“ Beni wirft mir einen Blick zu, als zweifele er an meiner Intelligenz.

„Hey!“, protestiert Grace, „wenn sie diese Bilder finden möchte, schafft unser Mädchen das!“

„Ja klar, und ich bin der Kaiser von Konstantinopel. Das ist ein riesiges Ding, an dem viele schlaue Köpfe gescheitert sind!“ Beni schüttelt den Kopf. „Knallkopf …“ murmelt er, ohne es böse zu meinen. Ich grinse.

„Wenn hier einer ein Knallkopf ist, dann du“, verteidigt mich auch Lukas. Jetzt muss ich wirklich lachen. In dem Fall steht Beni auf verlorenem Posten. Ich werde zwar oft verspottet, aber jeder in der Gruppe steht hinter mir. Auch Beni.

„So viel dazu!“ Nachdem ich mir das letzte Pizzastück geschnappt habe und Kylie beißen lasse, rede ich weiter.

„Ich musste Akten vom alten Jack sortieren und …“, weiter komme ich nicht, weil meine Freunde anfangen zu lachen.

„Ahhh“, prustet Lukas, „wie ruhmreich!“ Unbeirrt rede ich weiter.

„… bin dabei auf seine Notizen zu diesem Fall gestoßen. Wie auch immer, ich war letztens da und habe es mir angeschaut, und Beni, du hast Recht, ich will tatsächlich die Bilder finden. Surprise, surprise, ich habe keine Ahnung, wo ich suchen soll." Ich halte kurz inne. Soll ich wirklich meine Hirngespinste erzählen? Meistens mache ich das nicht, weil es Ermittlungsgeheimnisse sind. Auf der anderen Seite ermittle ich gar nicht offiziell – ach was soll`s.

„Allerdings habe ich eine neue Idee, Hinweis wäre wahrscheinlich übertrieben …"

„Und?"

„Deine Bilder, Grace. Genauer gesagt, das Bild in der Küche. Der leere Rahmen hat mich an die Bilder dort erinnert und … naja, wie gesagt, ich habe noch nicht wirklich nachgedacht."

„Lass uns jetzt ja nicht hängen!", protestiert Logen lautstark.

Wieder zögere ich kurz und gebe mir dann einen Ruck.

„Ich habe überlegt, ob manche Bilder vielleicht nur eine Kopie sind, wenn auch sehr gute." Schweigen. Meine Freunde schauen mich zweifelnd an.

"Ihr kennt doch sicherlich diese Bilder, in denen du sowohl das eine als auch das andere Motiv sehen kannst. Was ist, wenn die bisherigen Ermittler nur das eine Motiv gesehen haben und nie das zweite. Bisher sind sie immer den gestohlenen Bildern nachgehetzt, vielleicht befindet sich die Lösung aber in den dagebliebenen? Im zweiten Motiv."

„Ich kenne mich da zwar nicht so aus, aber das wirkt ganz schön an den Haaren herbeigezogen …"

„Ist es auch. Um ehrlich zu sein, ist dabei nicht die geringste Verbindung, aber hey, vielleicht sollte man in diesem Fall mal einfach Dingen nachgehen, die nicht logisch sind. Ich werde es auf jeden Fall probieren."

„Und das willst du genau wie anstellen?", fragt Logen.

„Ich werde mich mal umhören, wer auf der Wache sich mit Originalen oder Kopien von alten Werken auskennt, oder jemanden kennt. Wird ab …“

„Hey, hey, hey, hey“, schreit Grace. Erschrocken zucke ich zusammen und sehe an den Gesichtern der anderen, dass es ihnen genauso geht.

„Du nimmst Aaron mit! Du nimmst ihn mit ins Museum, und er schaut sich das alles an. Er macht das schon sehr lange und kennt sich sehr gut aus. Ich rufe ihn gleich mal an und frage, wann er Zeit hat.“

„Wen?“, fragt Olli.

„Meinen Freund!“, antwortet Grace entrüstet.

„Nein, nein, nein, kein Problem, du musst dich nicht anstrengen. Das kann ich ganz einfach in der Arbeit klären. Ich habe da letztens …“

„Süße, gar kein Problem, das mache ich doch gerne für dich – bin gleich wieder zurück!“

„Grace, das geht nicht, ich kann ihn nicht einfach in einen Fall einweihen, das ist gesetzlich gar nicht erlaubt!“

„Uns erzählst du es doch auch. Alles halb so schlimm.“

„Euch kenne ich ja auch, Aaron habe ich noch nie gesehen“, protestiere ich, auch wenn ich innerlich weiß, dass es dazu schon zu spät ist.

„Dann wird es höchste Eisenbahn“, flötet Grace aus dem Nebenzimmer, um ihren Freund und sicher bald meinen Zwangspartner anzurufen. Stöhnend lasse ich mich ins Polster sinken. Warum habe ich überhaupt den Mund aufgemacht. Jetzt habe ich einen von Grace' merkwürdigen Vögeln am Bein. Ich weiß nämlich genau, dass ich nicht ohne ihn losfahren kann, Grace wäre danach sonst absolut unausstehlich.

„Womit habe ich das verdient“, frage ich meine Freunde entsetzt. Als ich hochschaue, sehe ich, dass sie sich nicht sicher sind, ob sie Mitleid mit mir haben sollen oder ob es das

Lustigste ist, was sie je gesehen haben. Ich hätte es wahrscheinlich wissen müssen, dass Grace ihn mir aufdrängen würde, trotzdem hat es mich eiskalt erwischt, was man mir bestimmt ansieht. Olli ist die Erste, die sich nicht mehr zurückhalten kann und losprustet, gefolgt von Beni, Lukas, Logen und Nat. Ich massiere mir den Nasenrücken und versuche mich zusammen zu reißen. Plötzlich lache ich auch los. Kylie schaut mich noch etwas skeptisch an, so als wolle sie prüfen, ob es mir wirklich gut geht, scheint mit dem was sie sieht, zufrieden und lacht mit.

„Ist das zu fassen." Ich japse nach Luft. „Da denke ich, ich habe einen entspannten Abend und dann meint eine meiner Freundinnen, ich sollte dringend mit ihrem Freund nach Boston fahren!"

Nat kringelt sich vor Lachen auf dem Boden.

„Glaub mir, dieser Abend hat sich für mich gelohnt!"

Vier Tage später ist meine Laune am Nullpunkt, als ich rechts an den Straßenrand fahre und anhalte. Ich habe es nicht geschafft, Grace zu überzeugen, dass ich ihren Freund nicht brauche. Nicht, dass ich es anders erwartet hätte, aber die Hoffnung stirbt bekanntlich zuletzt. Während ich warte, bis er bei meinem Auto ankommt, stelle ich mich auf das Schlimmste ein.

„Hey, ich bin Aaron, Grace' Freund." Aaron lässt sich auf den Beifahrersitz fallen und reicht mir die Hand. Ich schüttele sie nur so lange wie nötig, um nicht zu unhöflich zu wirken. Sobald ich auf dem Highway bin, beobachte ich ihn unauffällig von der Seite. Er sieht recht sympathisch aus, hat dunkelblonde Haare und braune Augen. Seinen Versuch, Smalltalk zu führen, gibt er schnell auf, als er merkt, dass ich nicht mit ihm reden will. Eine Eigenschaft, die ich eigentlich schätze. Vielleicht ist er nicht so schlimm wie die anderen, trotzdem habe ich nicht vor, so bald wieder gut gelaunt zu sein und

mich mit ihm dann auch noch zu unterhalten. Daher verbringen wir den Rest der Fahrt schweigend.

SECHS

Triumphierend stelle ich fest, dass die Schlange vor dem Museum mindestens so lang ist wie bei meinem letzten Besuch und steuere zielstrebig auf die Kasse zu. Dort zeige ich meine Dienstmarke vor und erkläre, dass Aaron zu mir gehört. Skeptisch untersucht der Mann an der Kasse sie, bevor er zum Telefon greift. Innerlich stöhne ich genervt auf, lasse mir aber nichts anmerken.

„Können Sie bitte mal an die Kasse kommen?" And here we go. Genervt kratze ich mich an meiner Augenbraue, nehme aber höflich meine Dienstmarke entgegen, nach dem sie sie freundlicherweise als echt akzeptiert haben. Aaron bekomme ich zwar nicht umsonst eingeschleust, aber wenigstens kann ich ihm das Warten in der heißen Sonne ersparen. Der Gang drinnen ist angenehm kühl. Während Aaron die Broschüre, die er im Eingang mitgenommen hat, liest, schweifen meine Gedanken zu gestern Abend. Nachdem ich Kylie ins Bett gebracht habe, saß ich noch lange am Computer und habe viele Informationen zum *Blauen Zimmer* zusammengetragen. Mein Gefühl sagt mir, dass in diesem Raum irgendetwas übersehen wurde. Verdammt noch mal, irgendetwas stimmt nicht. Das offensichtliche Problem ist, ich weiß nicht, wo ich ansetzen soll, worauf ich meinen Fokus setzen soll. Um ehrlich zu sein, ist das der einzige Grund, warum ich heute hier bin. Ich versuche, alles möglichst flächendeckend anzuschauen, damit mir nichts entgeht, und versuche anders ranzugehen, als meine Vorgänger, da sie ja offensichtlich keinen Erfolg hatten. Also warum meine Zeit verschwenden?

Mit einem Seitenblick stelle ich fest, dass Aaron mit glänzenden Augen die Bilder, an denen wir vorbeikommen, bewundert. Kopfschüttelnd denke ich an Grace, die es immer schafft, Männer mit einer extremen Leidenschaft für eine Sache aufzugabeln.

„Hier wären wir“, sage ich und drehe mich um.

Aaron geht, ohne mich zu beachten, an mir vorbei und schaut sich jedes Bild im Raum genau an. Dabei steht er teilweise so nah an den Bildern, dass es aussieht, als ob er mit der Nase daran festklebt.

„Riecht es gut?“

„Ja klar, was sagt ihr? Es riecht nach *Geheimnissen*.“ Nur mühsam kann ich mein Grinsen unterdrücken, hatte ich nicht so etwas Ähnliches am Anfang gedacht?

„Wie viel hat Grace dir gesagt?“

„Nicht viel, nur dass du meine Hilfe brauchst, eine mögliche Kopie zu finden, und dass du dich sehr freuen würdest, wenn ich mitkommen würde.“ Aaron sieht mich immer noch nicht an, arbeitet sich nur weiter durch den Raum. Oh ja. Ich habe sie angefleht, dich zu fragen. Lügnerin.

„Wie kann man eine Kopie von dem Original unterscheiden, ohne es im Labor zu untersuchen?“

„Das ist nicht ganz leicht. Ich muss mich mit jeder Entstehung des Bildes, das ich untersuche, auseinandersetzen. Also Entstehungsjahr und -ort, Maler und Technik. Trotzdem kann ich es nicht zu hundert Prozent sagen. Dafür müsste man es in einem Labor überprüfen, wie du schon gesagt hast.“

Ich krame in meiner Tasche und ziehe einen Ausdruck heraus. Er zeigt die Gründerin Isabella Steward Gardner vor dem Bild der jungen Frau in diesem Raum, das mir im Gedächtnis geblieben ist und vor dem Aaron jetzt steht. Darüber hinaus ist nichts Besonderes an diesem Bild. Ich glaube, ich habe es gestern hauptsächlich aus Frust, dass ich noch immer nicht den kleinsten Hinweis habe, ausgedruckt.

„Schau dir mal dieses Bild an.“

Mit gerunzelter Stirn wirft er einen Blick darauf und sieht mich dann wieder an.

„Ich kann nichts Komisches daran erkennen.“

Ich seufze, was hatte ich auch anderes erwartet.

„Ich auch nicht. Wo fangen wir an? Ich würde vorschlagen, wir arbeiten uns von dieser Seite des Raumes auf die andere vor.“

„Wir werden heute nicht durchkommen, dafür sind es zu viele Bilder und …“

„Na und? Die letzten dreißig Jahre hat man nichts gefunden, dann kommt es jetzt auf ein paar Tage oder Wochen mehr oder weniger auch nicht an. Wenn es dir zu viel Arbeit ist, ich habe dich nicht gebeten mitzukommen.“

Das gestohlene Bild von Manet befand sich auf der Seite des Raumes, die näher zum Museumseingang liegt und auf der wir den Raum betreten haben. Vielleicht ist es keine schlechte Idee, hier anzufangen.

Mittags machen wir eine kleine Pause und suchen uns etwas zu Essen in der Nähe. Nach etwa fünf Stunden Arbeit und knapp zehn Bildern haben wir immer noch nichts gefunden. Aber, um ehrlich zu sein, geben wir inzwischen ein ganz gutes Team ab. Ich habe es aufgegeben, kratzig zu sein. Es liegt mir nicht wirklich und hilft mir auch nicht bei meinem Fall. Außerdem ist Aaron wirklich in Ordnung. Ich wünsche ihm und Grace, aber vor allem meinen Freunden und mir, dass es mit den beiden klappt.

Die meisten Bilder kennt Aaron. Er nennt mir Namen und Künstler, und ich recherchiere alle möglichen Informationen, die er braucht, während er das Werk davor untersucht. Meinen Part der Arbeit finde ich nicht schlecht, ich habe ein

Händchen für Recherchen und bin voll in meinem Element. Was seinen Part angeht, ist mir immer noch schleierhaft, was genau er macht. Ja, er hat mir am Anfang gesagt, was er macht und worauf er seine Schlüsse bezieht, trotzdem. Ich habe schon nach den ersten Stunden aufgegeben, es zu verstehen und ihm einfach geglaubt.

Nach unserer Mittagspause schleuse ich ihn wieder an der langen Schlange vorbei. Sein Ticket gilt den ganzen Tag und er kann so oft raus, wie er mag.

Schade, dass wir keine Snacks im Museum essen dürfen. Allein der Gedanke an M&M's lässt mir das Wasser im Mund zusammenlaufen. Was würde ich jetzt nicht für eine Handvoll dieser bunten Dinger tun!

"Na dann, ran an die Sache", sage ich, sobald wir drinnen sind, lasse mich wieder auf die Mauer im Arkadengang fallen und ziehe mir meinen Computer auf die Knie. Aaron verschwindet wieder im *Blauen Raum,* um die Bilder weiter zu untersuchen. Ab und zu gehe ich zu ihm rein, um ihm meine Recherchen weiterzugeben, oder er kommt zu mir raus.

"Ich würde vorschlagen, wir kommen morgen wieder. Wir werden heute so oder so nicht durchkommen, und ich merke, dass ich bald Fehler einbauen werde." Aaron reibt sich stöhnend den Rücken, was mich vermuten lässt, dass er die letzte halbe Stunde gebückt vor einem Werk gekniet hatte.

"Ella ... hey hörst du mich eigentlich?"

Ruckartig hebe ich den Kopf.

"Hm ...", fragend hebe ich eine Augenbraue und bekomme nur ein Kopfschütteln als Antwort.

"Sorry, ich dachte du führst Selbstgespräche. Was hast du gesagt?"

"Gehen wir?"

„Ich brauche noch zehn Minuten für das Bild von Manet, dann habe ich alle nötigen Infos dazu. Kannst dich ja so lange noch neben mich setzen", sage ich und vertiefe mich wieder in meine Suche.

Nachdem ich festgestellt habe, dass Aaron gar nicht so komisch ist, von seiner Liebe zu Kunst und zu Grace abgesehen, sind die Fahrten nach Boston echt unterhaltsam. Wahrscheinlich für mich mehr als für ihn, wenn man die unangenehmen Fragen bedenkt, die ich ihm stelle, aber mein Mitleid hält sich in Grenzen.

Der Tag im Museum läuft genauso ab wie der erste Tag und der Tag danach. Ich recherchiere, er wandelt durch den *Blauen Raum* und untersucht die Bilder. Am Ende des Tages stehe ich in der Mitte des Raumes und lasse meinen Blick langsam über die Bilder wandern. Nach drei Tagen haben wir die erste Hälfte des Raumes angeschaut, auch wenn es die kleinere ist. Es fehlen noch um die fünf Bilder, und wir haben immer noch nichts gefunden.

"Bist du sicher, dass wir auf der richtigen Spur sind?" Aaron dreht sich zu mir um.

"Nee", antworte ich, ohne meine Aufmerksamkeit von den Bildern abzulenken. Entnervt stöhnt er auf.

"Warum machen wir dann weiter, ich meine, das ist …" Erst jetzt wende ich mich ihm zu.

"So was nennt man Ermittlungen." Ich grinse. "Wir haben noch nicht mal die Hälfte, und bevor wir nicht alles haben, höre ich nicht auf. Geduld ist nicht deine Sache, oder?"

„Wie auch immer, scheint so." Ich seufze innerlich. Aaron geht so vielen Konflikten aus dem Weg. Meiner Meinung nach zu vielen. Ich habe es noch nicht geschafft, ihn zum Diskutieren zu bringen.

„Such mal ein Foto von dem Bild „Return from the Lido" aus dem Internet raus. Der Künstler ist Ralph Curtis." Aarons

Stimme schreckt mich auf. Ich war gerade dabei, die Farbverwendung Ende des 17. Jahrhunderts aufzuschreiben, weil Aaron der Meinung war, er wüsste darüber nicht genug. Was meiner Meinung nach absoluter Schwachsinn ist.

„Aber auf jeden Fall von vor dem Raub!" Ich werfe einen kurzen Blick auf das Datum von dem Bild, das ich gerade aufgerufen habe. Okay, falsches Bild. Sobald ich eines gefunden habe, schnappe ich mir meinen Computer und gehe zu ihm.

„Ja?", frage ich und reiche ihm den Laptop. Ohne eine Antwort nimmt er ihn und schaut sich das Bild genau an. Dann schaut er das Werk im Museum an. Irgendwann reicht er mir ihn stumm weiter, damit ich es mir anschauen kann. Es zeigt eine feine Dame mit Gondoliere in einer venizianischen Gondel. Ich würde darauf tippen, dass sie sich auf dem Canale Grande befinden. Es sieht aus, als ob sie abends fahren, zumindest hat das Werk einen rosa Touch. Im Vordergrund sind Möwen, hinter ihnen weitere Gondeln.

Ich bin bis aufs Äußerste gespannt und spüre, wie mein Herz klopft. Meine Augen fliegen immer wieder zwischen den Bildern hin und her. Beide Bilder sind auf den ersten Blick identisch. Wenn ich ehrlich bin, auch auf den zweiten. Dann fallen mir die Farben im originalen Werk ins Auge. Um es genauer zu sehen, vergrößere ich das Bild noch weiter. Tatsächlich! Mein Blick gleitet an dieselbe Stelle des anderen Bildes im Museum. Je genau ich hinsehe, desto mehr habe ich das Gefühl, Details zu übersehen. Ich lehne mich ein Stück zurück. Die Ecke, die mir im Original aufgefallen ist, ist nicht so ausgeprägt. Außerdem …

„Außer den kleinen Unterschieden ist mir auch die Farbe aufgefallen."

„Hm, das hier, im Museum, ist etwas gelber als das andere", murmle ich und nicke mit dem Kopf Richtung Laptop, während ich mich so nah wie möglich an das Museumsbild lehne.

„Soweit ich weiß, hat man diese Farbe, weil sie sehr teuer war, zur Entstehungszeit des Gemäldes selten verwendet."

Inzwischen sitzt Aaron auf dem Boden des Zimmers, um ihn herum alle Infos, die er sich über Farben in verschiedenen Zeiten ausgedruckt hat. Während er konzentriert seine Notizen durchgeht, lasse ich meinen Blick von den Rändern des Bildes auf den Rahmen wandern. Unter der Vergoldung ist die Holzstruktur sichtbar. Durch den rauen Untergrund schimmert es an manchen Stellen besonders schön. Die lange untere Seite des Rahmens hat an einer Stelle eine dunkle Holzstruktur, die auf den ersten Blick wie eine Beschädigung aussieht. Gedankenverloren greife ich in meine Tasche und ziehe den Ausdruck, den ich vor einigen Tagen gemacht habe, hervor. Es zeigt genau das Bild, vor dem ich jetzt stehe. Die gleichen Möwen, die gleichen Wasserspiegelungen, der gleiche ... der Rahmen! Er ist wirklich beschädigt. Wie kann ich so blöd sein und das bisher nicht bemerkt haben!

„Aaron! Hey, Aaron!" Ich drehe mich um. Weit über den Computer gebeugt, liest er alle Infos, die ich zu dem Bild aufgeschrieben habe. Mit der Schuhspitze tippe ich ihn an.

„Hast du dir mal den Rahmen angeschaut?"

„Ja, was ist mit ihm?" Vorgelehnt lässt er seinen Blick über die Vergoldung wandern. Je länger er sucht, desto mehr runzelt er die Stirn.

„Ich sehe nichts." Ich halte ihm nochmal das Bild hin.

„Für mich sieht es so aus, als ob der Rahmen bei dem einen wirklich beschädigt ist und der andere nur nachahmt. Siehst du?"

Ungeduldig lege ich meinen Finger an die Stelle, die ich meine.

„Stimmt, kann sein, aber das ist nicht mein Problem. Ich schaue nur, ob ich eine Kopie finde ..." Ungläubig schaue ich ihn an. Anscheinend meint er das ernst. Was soll`s. Ich lasse ihn weiter in den Zetteln wühlen und suche nach weiteren Ungereimtheiten. Erst am späten Nachmittag packen wir unser Lager zusammen und fahren heim. Ich hatte Kylie versprochen, Abendessen zu machen, und Aaron ist mit Grace verabredet.

„Shit", fluche ich und springe auf. An der Tür drehe ich noch mal um und renne zurück. Mit dem Computer unter dem Arm, mache ich mich dann endgültig auf den Weg zum Auto. Die Zeit, zu Mittag zu essen, war nicht mehr drin. Egal, dann muss halt was vom Mc's reichen. Mit meinem Cheeseburger in der Hand lenke ich mein Auto auf die Main Turnpike nach Kennebunk. Um Jack zu besuchen, mit dem ich verabredet bin.

Dort angekommen, bleibe ich vor der offenen Eingangstür stehen, unsicher, ob ich einfach reingehen soll.

„Jack?"

Stille.

„Jack, bist du da?

Stille.

Dann wohl doch klingeln. Die Klingel hat den unangenehmsten Ton, den ich je bei einer Klingel gehört habe. Ich schüttle mich. Das wäre das erste, was ich ändern würde, würde ich hier wohnen.

„Ach Sie … musst nicht klingeln, rufen reicht", brummt er. Danke für den Tipp, ich habe es gemerkt.

„Was machen Sie jetzt? Träumen, wo sich dieses Bild befindet?" In der letzten halben Stunde habe ich Jack auf den neuesten Stand meiner „Ermittlungen" gebracht. Bis jetzt hat er sich aber noch nicht herabgelassen, hilfreiche Vorschläge zu machen.

„Nee, ich werde es erriechen“. Wie kann man nur so unnützlich sein. Ich seufze.

„Wie gesagt, habe ich erst gestern Abend das besagte Gemälde entdeckt und habe noch keine weiteren Recherchen unternommen. Mein Problem ist, dass ich mir nicht sicher bin, ob meine Beobachtungen ausreichen, um Mr. Garcia zu überzeugen, mir den Fall zu übertragen. Bisher habe ich nichts als Vermutungen, selbst der farbliche Unterschied kann durch die Fototechnik entstanden sein.“

„Haben Sie schon einen Blick auf die Akten des FBI werfen können?“

Ich seufze in Erinnerung an meine letzten Versuche, einen kleinen Einblick zu bekommen. Hoffnungslos. Nicht einer war meiner Meinung, dass es sinnvoll wäre. Okay, klar, es ist absolut notwendig, dass nicht jeder Einblick bekommt, trotzdem …!

„Glauben Sie, ich habe es versucht …“ Jack lässt sein schallendes Gelächter hören.

„Ich würde Sie noch zu gerne weiter versuchen sehen wollen. Sie haben nicht die geringste Chance.“

„Das müssen Sie mir nicht sagen, ich weiß es selbst.“ Jack geht auf mein Schmollen nicht ein und schaut mich direkt an.

„Warum sind Sie hier?“

„Meinen Sie, was ich bisher in der Hand habe, reicht aus, Mr. Garcia zu überzeugen?“ Bitte! Ich weiß selbst, dass es nicht sonderlich viel ist, aber ich weiß auch, dass ich ohne die bestätigende Untersuchung des Gemäldes mich früher oder später im Kreis drehen werde. Wahrscheinlich früher.

„Ganz ehrlich, ich bin mir nicht sicher. Nach all den Jahren, die er mein Chef war, konnte ich nie wirklich nachvollziehen, wodurch er überzeugt wurde und wann er mir eine Chance gegeben hat und wann nicht. Er mag Leute, die mit logischen, nachvollziehbaren Ideen zu ihm kommen. Wahrscheinlich sollten Sie es trotzdem versuchen.“

„Gut, dann werde ich heute Abend noch aufs Revier fahren.“

Damit steht mein Beschluss. Gott sei Dank ist Beni heute sowieso bei Kylie, und ich muss nicht erst jemanden organisieren.

„Melden Sie sich, wenn Sie mich brauchen. Aber nicht zu oft.“

Klar, du mich auch, Jack. Irgendwie ist es komisch, all die Jahre mit ihm zusammen gearbeitet zu haben und ihn nie wirklich kennen gelernt zu haben. Nachdenklich beobachte ich, wie er sich ein neues Kuchenstück, das er sich möglicherweise verkneifen sollte, auf den Teller legt. Wie beim letzten Besuch habe ich das Gefühl, dass er mich an jemanden, den ich gut kannte, erinnern müsste, aber mir ist schleierhaft, wer.

„Hi, Süße! Was hast du heute alles getrieben?“ Kylie sitzt mit Beni an unserem Küchentisch und malt. Weil sie heute früher Schule aus hatte und ich sie nicht abholen konnte, habe ich Beni gefragt, ob er sie heute übernehmen kann.

„Mama!“ Kylie ist von der Bank gerutscht und kommt auf mich zu gerannt. Ich hebe sie hoch und wirble sie so lange im Kreis, bis mir schwindelig wird. Sobald sie wieder auf dem Boden steht, torkelt sie kichernd im Kreis, bis sie hinfällt.

Beni schnappt lachend nach Luft und hält sich den Bauch.

„Das wird dir später öfter so gehen, und dann ist Mami nicht schuld.“ Ich werfe ihm einen bösen Blick zu, bevor ich in der Küche verschwinde.

„Habt ihr schon gegessen?“

„Ja, aber ich habe schon wieder Hunger! Kannst du Toast Hawaii machen? Bitte …“, bettelt Kylie. Seufzend öffne ich den Küchenschrank und hole Schinken, Käse und Ananas heraus. Ich werfe einen schnellen Blick auf die Uhr. Mist. Ich habe nicht mehr so viel Zeit, wie ich dachte.

„Kylie, heute bringt dich Beni ins Bett.“

Kylie macht große Augen und schaut Beni an.

„Ich muss heute noch mal in die Arbeit."

„Warum?"

„Um meinen Chef zu überzeugen, dass ich den Fall, in dem ich momentan ermittle, offiziell übernehme, und das wird eine harte Nuss. So, wie wenn du Mrs. Peterson überzeugen musst, dass du den Unterricht übernimmst."

„Oh, oh Mama", ist alles, was sie dazu sagt. Ich dreh mich schnell wieder in die Küche, damit sie mich nicht lachen sieht.

„Weißt du, dafür können wir heute Abend lange wach bleiben."

„Nix da. Du bist um 19 Uhr im Bett." Beni zuckt mit den Schultern und sieht Kylie bedauernd an.

„Sorry, Kumpel."

„Schlaf gut, Süße! Ich komme erst wieder, wenn du schläfst, aber morgen Früh bin ich wieder da."

Ich ziehe die Tür hinter mir ins Schloss und gehe zu meinem Auto. Ich weiß, dass es verdammt schwierig wird, meinen Chef zu überzeugen, dass ich diesen Fall neu aufrollen soll. Zwar wäre es alles andere als schlecht für sein Image, wenn unter „seiner" Leitung der Fall bedeutende Fortschritte erleben würde, auf der anderen Seite schenkt er meinen Vermutungen nie viel Aufmerksamkeit, seit ich vor einigen Jahren viel Personal „besetzt" habe und der Fall nie gelöst wurde. Etwas, das ich Jack heute lieber unterschlagen habe.

Auf der Fahrt zum Revier versuche ich mir all meine Argumente zurechtzulegen und eine Strategie zu entwickeln, um alles möglichst galant und erfolgreich über die Bühne, beziehungsweise seinen Schreibtisch, zu bekommen. Eigentlich ist er ein netter Mensch, was heißt, ich muss es nur geschickt angehen.

Im Revier angekommen, steuere ich zielstrebig auf den rechten Gang zu, der zu seinem Büro führt.

„Wo gehen Sie hin?“, fragt eine hohe strenge Stimme. Ich bleibe mit dem Rücken zu ihr stehen und schließe die Augen. Dann atme ich einmal tief ein und drehe mich um. Wie ich mir gedacht habe, begegnet mir der Blick einer jungen Frau, gerade mal Mitte zwanzig, die hinter dem Tresen am Eingang sitzt. Ihre Vorgängerin war etwas älter und etwas sympathischer und vor allem kannte sie fast alle Angestellten. Die Neue … Erwarte ich zu viel, wenn ich denke, nach vier Jahren sollte sie mich inzwischen kennen? Ich weiß es nicht. Kommentarlos zeige ich ihr meine Dienstmarke.

„Ach so, ja natürlich, tut mir leid, Ms. Reyes.“ Ich schnappe mir wieder meine Dienstmarke und gehe den Gang bis zu Mr. Garcias Bürotür. Davor bleibe ich stehen und warte, bis er auf mein Klopfen reagiert. Mein Herz klopft mir bis zu Hals.

„Herein.“ Ganz ruhig Ella, ermahne ich mich selbst, dann atme ich tief durch und drücke die Klinke runter.

Mr. Garcia sitzt an seinem Schreibtisch, hinter einem riesigen Stapel Papieren. Als die Tür aufgeht, hält er mitten in der Bewegung inne.

„Ah, Sie sind es, Ella. Kommen Sie doch rein – was gibt es denn?“ Nachdem er offensichtlich einen freien Platz auf seinem Schreibtisch gesucht hat und keinen findet, gibt er sich seufzend geschlagen und legt die Papiere in seiner Hand einfach irgendwo obendrauf.

„Hallo, Sir“, sage ich und lasse mich in den einzigen freien Stuhl fallen.

„Was führt Sie zu mir?“, wiederholt er.

„Zwei Sachen. Das eine, haben Sie den Bericht vom letzten Einsatz gesehen? Ich würde vorschlagen, die Untersuchungen zu diesem Fall noch nicht abzuschließen.“

„Ich bin leider noch nicht dazu gekommen. Sie sehen ja …“

Ich werfe einen kurzen Blick auf seinen Schreibtisch. Ja, das tue ich tatsächlich.

„Vielleicht können Sie es noch diese Woche unterbringen. Bei dem anderen geht es um die Akten vom alten Jack, die Sie mir vor zwei Wochen übergeben haben, damit ich sie durchschaue und sortiere …“

„Ja, darauf wollte ich Sie auch schon ansprechen. Es tut mir leid, dass Ihnen die Aufgabe zugefallen ist. Ella, Sie müssen wissen, dass ich Ihre Arbeit sehr schätze, Sie aber neben lauter Trödlern, die hier arbeiten, Ihre Akten nun mal am schnellsten aufarbeiten. Daher dachte ich, bei Ihnen bleiben sie am kürzesten liegen.“

Na, wenn er meine Arbeit so schätzt, wie er es behauptet, wird es heute nicht schwierig, ihn zu überzeugen, mir den Fall zu übertragen. Ich gehe nicht auf sein Kompliment ein, sondern komme gleich zum Punkt.

„In gewisser Weise geht es um die Akten. Es befanden sich persönliche Notizen von Mr. Miller dabei, die ich mir mit seiner Erlaubnis angeschaut habe.“ Er muss ja nicht wissen, dass die Reihenfolge anders war. Und jetzt kommt genau der Punkt, an dem es darauf ankommt, ob er meine Arbeit wirklich schätzt oder es nur solange tut, bis wir anderer Meinung sind.

„Es handelt sich dabei um Notizen über den Isabella Steward Gardner Kunstraub, bei dessen Ermittlungen er am Anfang seiner Karriere dabei war. Ich habe mich privat in den letzten zwei Wochen viel mit diesem Raub auseinandergesetzt und bin Jacks Theorien, beziehungsweise oft auch nur Ideen, nachgegangen.“

Mr. Garcia lehnt sich in seinem Stuhl nach hinten und beobachtet mich jetzt genau. Obwohl ich maximal angespannt bin, lasse ich keine Informationen durch mein Pokerface, das ich mir am Anfang meiner Karriere in vielerlei Hinsicht antrainieren musste. Sowohl den Verbrechern, meinen männlichen Kollegen als auch meinem Chef gegenüber …

„Was haben Sie bisher unternommen?" Na bitte, geht doch.

„Ich habe das Museum inzwischen schon fünf Mal besucht, wobei ich mir einen Überblick verschafft habe, und, um ehrlich zu sein, schon begonnen habe, meine Theorien zu überprüfen."

„Das geht aufs Geld, die Besuche."

Kommentarlos halte ich meine Dienstmarke hoch und schaue ihn unverwandt an. Abschätzend kneift er die Augen zusammen und mustert mich.

„Wollen Sie hören, was ich rausbekommen habe?" Obwohl ich ihm anbiete, mein Wissen preiszugeben, bin ich mir noch nicht ganz sicher, ob ich das auch will. Die ganze Fahrt habe ich das Pro und Kontra abgewogen. Ich meine, wie groß ist die Wahrscheinlichkeit, dass er wirklich so ein Idiot ist und jemand anderem den Fall gibt – mit den Ergebnissen meiner Recherche? Ganz ehrlich, klein. Sehr klein. Aber aus irgendeinem Grund kann ich ihm immer noch nicht ganz vertrauen. Vielleicht, weil er am Anfang meiner Karriere so gegen mich gearbeitet hat, vielleicht aber auch, weil ich es geradezu erwarte.

„Lassen Sie hören."

„Über dreißig Jahre lang wurde nach den gestohlenen Werken gesucht. Egal, was man gemacht hat – es hat in keiner Weise Früchte getragen. Weder zehn Millionen Dollar Finderlohn, noch Verhaftungen oder was man sonst bisher versucht hat. Was ist, wenn man all die Jahre falsch angesetzt hat? Was ist, wenn sich immer noch Hinweise im Museum befinden, die bisher noch nie beachtet wurden? Warum wurde ein Bild gestohlen, dem die Diebe nie nahegekommen sind? Kennen Sie diese Bilder, in denen man entweder das eine oder das andere erkennen kann? Sie kennen mich nach gut zehn Jahren gut genug, um sich vorstellen zu können, wie ich rangegangen bin." Ich mache eine Pause und schaue ihn erwartungsvoll an.

„Gefühl, egal wie unlogisch. Ja, ja ich weiß, darüber haben wir uns schon oft genug unterhalten", brummt er, und ihm ist anzusehen, dass er das Gespräch bisher nicht so schätzt. Glaub mir, wenn es so läuft, wie ich es geplant habe, wirst du deine Meinung ändern.

„Genau dieses Gefühl hat mir gesagt, dass in dem *Blauen Raum*, in dem dieses bewusste Werk von Edouard Manet gestohlen wurde, etwas nicht stimmt. Mit einem Freund von mir, der sich mit alten Gemälden gut auskennt, bin ich vier Tage lang alle Bilder dieses Zimmers durchgegangen, um sie auf ihre Echtheit zu prüfen. Gestern Abend hat sich mein Verdacht bestätigt, glaube ich jedenfalls. Die Methode, die er verwendet hat, bedeutet natürlich keine Garantie, aber das ist genau der Grund, warum ich diesen Fall übernehmen muss. Ich möchte diesen Fall nochmal ganz neu aufrollen, und dieses Bild offiziell im Labor überprüfen lassen.

„Ella, woher können Sie sagen, dass dieses Bild erst seit dem Raub ausgetauscht ist?"

„Hoffentlich aufgrund der Farben und der Fotos, die vor dem Raub entstanden sind. Uns ist gestern aufgefallen, dass ihre Farbtöne einen kleinen Unterschied aufweisen."

„Das kann auch aufgrund der miesen Fotoqualität entstanden sein, die es damals gab."

Ich seufze. „Das kann tatsächlich sein, allerdings sollten wir deshalb nicht alles fallen lassen, sondern es erst untersuchen. Wie Sie immer sagen: „Folge jeder Fährte." Mr. Garcia lässt sein bäriges Lachen hören.

„Raffiniert, ich durchschaue Ihre Absichten."

Manchmal macht es mich geradezu wahnsinnig, Kollegen zusehen zu müssen, die offensichtlich nicht nur ihre Fitness, sondern auch ihre Fähigkeit zu schnellen Entscheidungen auf der Karriereleiter nach oben verloren haben – mein Chef ist da keine Ausnahme.

„Überlassen Sie mir den Fall. Sollte nichts dabei rauskommen, werden wir keine große Sache daraus machen. Sollte ich, entgegen Ihrer Erwartungen, doch Recht behalten, wird es für Sie genauso von Vorteil sein, wie für mich."

Prüfend sieht er mich an. Man sieht, wie er die Hoffnung auf Erfolg abwiegt gegen möglicherweise umsonst eingesetzte Kollegen und teuer bezahlte Fachleute.

„Sie werden keine öffentliche Sache daraus machen und so wenig Leute einweihen, wie Sie können." Das war keine Frage, sondern eine Feststellung, aber das ist okay. Ich hatte es geschafft, und es ging schneller, als ich dachte. Viel schneller.

Keine fünfzehn Minuten später stehe ich wieder vor seinem Büro und komme mir vor, als wäre ich in eine Zeitmaschine eingestiegen.

SIEBEN

Das Bild vorübergehend aus dem Museum zu entfernen, war nicht leicht. Ich musste sowohl die Museumsleitung, als auch das FBI informieren, wobei letzteres erst alles genauestens prüfen und sicherstellen musste, bevor es es genehmigen konnte oder wollte. Vom Museum wurde das Bild mit dem LKW einige Meilen in ein Labor nach Springfield gebracht. Ich wusste, dass es in diesem Fall um sehr viel Geld geht, aber der Blick auf die Versicherungskosten von diesem Gemälde macht mich immer noch schwindelig, wenn ich daran denke. In Springfield werden sie jetzt professionell überprüfen, ob es sich bei dem Gemälde um eine Kopie handelt, und das kann mehrere Wochen dauern. Genau genommen ist das Bild jetzt erst mal nicht mehr mein Ding, und so behandele ich es auch.

Seit Tagen sitze ich an meinem Computer und recherchiere. Anders als die Wochen davor, habe ich jetzt den Erfolgsdruck, der es in keiner Weise leichter macht. Nachdem ich bei meinem Chef hereingeschneit bin und behauptet habe, ich hätte Informationen, ist es ratsam oder zumindest ruhmreicher, möglichst bald weitere Schritte einleiten zu können, anstatt Wochen ohne ein Ergebnis ziehen zu lassen. Was ich bisher herausgefunden habe, ist ernüchternd. Wen außer mich interessiert ein lückenloser Lebenslauf des Künstlers Ralph Wormeley Curtis, der das Original des Bildes malte? Genauso habe ich gefühlt mehrfach schon alles über seine Werke gelesen. Na und? Ich finde nichts, was mir in irgendeiner Weise helfen könnte. Ich meine, was kann ich mit der

Info anfangen, dass das Bild „Return from the Lido" 1884 entstanden ist. Nichts. Leider.

Wochen später scrolle ich noch immer Suchergebnisse durch. Biografie von Curtis, Curtis Isabella Steward Gardner. Kunst Curtis und so weiter und so fort. Gedankenverloren rühre ich in der flüssig gewordenen Sahne von meinem Starbucks-Becher. Plötzlich stoße ich auf eine Seite, die ich noch nicht hatte. Der Anfang der Seite zeigt eigentlich keine Informationen, die ich nicht schon auf anderen gefunden habe. Ich will die Seite schon wieder wegklicken, als mir ein Text ins Auge fällt. Fasziniert lese ich ihn durch.

… Seit etwa 150 Jahren gilt ein Bild von Ralph Curtis als verschollen. Einzige Anhaltspunkte seiner Existenz sind Zeichnungen einiger Zeitgenossen, die es angeblich zu Gesicht bekommen haben. Aufgrund dieser Aufzeichnungen suchen Kunsthistoriker nun schon lange nach dem Original. Dennoch ist nicht sicher, ob es wirklich noch existiert, oder aber zerstört wurde …

Das klingt wie bei einem Gemälde von Leonardo da Vinci, von dem ebenfalls ein Bild wegen solchen Angaben gesucht wurde. Angestrengt durchforste ich mein Gedächtnis, was daraus geworden ist. Ich bin mir sicher, dazu schon mal Informationen gehört zu haben. Irgendwas …

Das Lachen meiner Freunde vor der Tür reißt mich aus meinen Gedanken. Wie auch immer. Ich schließe die Internetseite und räume den Computer auf.

„Kylie!"

„Was?"

„Nat und Logen sind da, magst du aufmachen?" Ich bin noch nicht mal in der Küche angekommen, als sie wie ein geölter Blitz an mir vorbeiflitzt und schon an der Tür ist, bevor die Glocke verstummt ist. Ich grinse. Haudegen.

Erledigt lasse ich mich abends ins Bett fallen. Ich habe es nicht mehr geschafft, noch weiter zu recherchieren. Morgen. Ich reibe mir übers Gesicht. Morgen werde ich weiter machen.

Obwohl ich jetzt einen großen Fall übernommen habe, liegt nach wie vor Arbeit auf meinem Schreibtisch, die ich nicht verschieben kann. Noch ein Grund, warum Zeiten, in denen ich an aufwändigeren Fällen arbeite, so anstrengend sind. Aber ich muss ehrlich sein: Bis jetzt bin ich weit von meinen anstrengendsten Zeiten entfernt. Mit meinem morgendlichen Kaffee verschwinde ich in meinem Büro, wo ich versuche, bis mittags einiges abzuarbeiten.

Obwohl ich nach dem heutigen Tag hundemüde bin, kann ich nicht schlafen und wälze mich hin und her. In Gedanken gehe ich noch mal den Tag durch. Kylie und ich haben mal wieder einen Mutter-Tochter-Tag gemacht. Nach der Schule habe ich sie abgeholt, und wir haben gemeinsam zuhause gegessen. Ich hatte ihr mal versprochen, gemeinsam eine Liste an Dingen anzufertigen, die man machen muss, bevor man in die Middle School kommt. Darauf standen Dinge wie „falsche Rolltreppe hochlaufen" und „Klingelstreich" und was weiß ich noch alles. Heute habe ich es endlich geschafft, sie mit ihr zu beginnen. Zu ihrer Freude habe ich mich abends mit ihr zum Malen hingesetzt, wobei sie fast besser malt als ich. Grinsend muss ich an ihre Sorgfalt und Sparsamkeit denken. Ich glaube, ich spreche für alle Eltern, wenn ich mich frage, warum die gelungensten Bilder ihrer Kinder auf schon beschmierten Blättern oder Zetteln mit bedruckter Rückseite entstehen. Nun, wenn das nicht der Fall ist, erledigt Kylie das selbst, indem sie ihre eigenen Bilder wieder übermalt, sodass das erste nicht mehr zu sehen ist.

Plötzlich bin ich hellwach. Ruckartig setze ich mich aufrecht hin und starre die Wand mir gegenüber an. Dann schlage ich mir mit der Hand gegen die Stirn. Ohne Kylie zu wecken, gehe ich ins Wohnzimmer und suche meinen Computer. Sobald ich ihn gefunden habe, setzte ich mich an den Esstisch und suche die Internetseite, die ich gelesen hatte, als Nat und Logan kamen. Ich scrolle bis zu der Stelle, in der erwähnt wird, dass eines seiner Bilder als verschollen gilt. Aufgeregt lese ich mir den Artikel noch mal durch. Mein Hirn arbeitet auf Hochtouren. Wenn ich die Infos übereinander lege … das verschwundene Bild von Ralph Curtis und Kylies Neigung, ihre eigenen Bilder wieder zu übermalen, dann … kann es nicht sein, dass dieses Bild nie verschwunden ist oder … doch, schon verschwunden, aber sehr viel später als allgemein bekannt? Vielleicht befindet es sich unter dem, das jahrelang im Museum hing? Ich werfe noch mal einen Blick auf die Seite. Ein guter Freund des Künstlers hat das Bild anscheinend um 1880 gesehen und nachgezeichnet. Etwa ab der Zeit wird es nicht mehr erwähnt und gilt seitdem als „gesucht". Aber ich habe wieder nichts als Vermutungen, die in keinster Weise nachweisbar sind. Während ich im Internet recherchiere, ob es möglich ist, die oberste Schicht eines Gemäldes zu entfernen, bete ich inständig, dass im Labor bewiesen werden kann, dass es eine Kopie ist. Jetzt wieder bei null anzufangen, wäre nicht nur hart, es wäre deprimierend. Ich weiß, dass es möglich ist, Bilder aufgrund ihrer Farben und deren Inhaltsstoffe auf ein Datum festzulegen. Wenn ich also aufgrund deren Ergebnisse beweisen könnte, dass es nicht nur eine Kopie ist, sondern sie erst nach dem Raub dort hing, könnte ich eine Chance haben, meiner neuen Schnapsidee nachzugehen!

Jetzt erinnere ich mich wieder, an welches Bild von da Vinci mich der Artikel erinnert hat.

Nach lauter Berichten über Attacken auf die *Mona Lisa* mit Steinen, Tassen und Torten, finde ich, was ich gesucht habe. Vor einigen Jahren wurde eine Mona Lisa, die sich unter der bekannten Version befindet, entdeckt. Sie ist etwas anders, aber inzwischen sicher da Vinci zuzuschreiben. Ich notiere mir schnell die Schlagwörter, die ich in Berichten über die *Mona Lisa* gefunden habe, und recherchiere über das verschwundene Bild von Curtis. Es wurde angeblich 1879 in Venedig mit Öl auf Leinwand gemalt und ist über einen Meter breit. Kunsthistoriker vermuten, dass außer der Dame auf dem Bild, höchstwahrscheinlich die Frau eines französischen Künstlers, ursprünglich eine weitere Gondel darauf abgebildet war. Die gemalte Szene soll so wirklich stattgefunden haben.

Die Skizzen und Berichte von damals, die ich nach langer Suche ausgrabe und die angeblich das verschwundene Bild darstellen sollen, lassen mich hoffen, dass ich eine Chance habe.

Ich kneife die Augen zusammen und starre weiter auf den Text, der vor meinen Augen verschwimmt. Müde reibe ich mir übers Gesicht und werfe einen Blick auf die Uhr. 4:38. Mit Unmengen an Kaffee habe ich die letzten Stunden überstanden, aber auch mein Adrenalin ist inzwischen eingeschlafen. Morgen werde ich mich dafür verfluchen, so lange aufgeblieben zu sein, trotzdem bleibe ich noch eine Viertelstunde wach, bevor ich ins Bett krieche. Ich drehe mich auf die Seite, um einen letzten Blick auf den Wecker zu werfen. In weniger als einer Stunde wird er mich wieder aus dem Schlaf reißen.

Der Morgen ist noch härter als alle anderen Morgen. Ich habe nicht mal annähernd genügend Schlaf bekommen. Nachdem ich mich in die Dusche geschleppt habe, lasse ich mir eiskaltes

Wasser über den Körper laufen. Zitternd und mit den Zähnen klappernd, steige ich ein paar Minuten später wieder raus. Ich bringe den Morgen mechanisch hinter mich. In der Arbeit kippe ich tassenweise Kaffee in mich rein. Nach der zweiten bleiben meine Augen von alleine offen, nach der dritten fängt mein Kopf an zu arbeiten. Danach zähle ich nicht mehr mit, bin aber auf einem ganz guten Weg.

Gott sei Dank wird mein Arbeitstag heute nicht so lange sein wie sonst. Eigentlich bin ich nur gekommen, um die Suche nach dem vor Jahren verschwundenen Bild zu veranlassen. Ich selbst habe nicht die Kontakte, die dafür notwendig sind. Das heißt, ich werde jemand anderem diese Suche übertragen. Dafür wiederum brauche ich meinen Chef, der es an die besagte Person weitergibt. Ich bin heilfroh, dass ich in dem Fall nicht bei der Presseveranstaltung dabei sein muss, sobald es Ergebnisse aus dem Labor gibt und die Suche beginnt. Das wird der liebe Kollege Mr. Comey machen. Ich grinse. Ein Klopfen an der Tür lässt mich aufschrecken.

„Ja?“

Mr. Davis schiebt sich durch die Tür. Der hat mir ja gerade noch gefehlt.

„Hallo, Ma`am.“ Nach seinem wie gewöhnlich arroganten Blick, schaut er auf die Papiere in seiner Hand.

„Sie haben Nachrichten, Post meine ich.“ Ich muss mir ein Grinsen verkneifen. Ihm ist deutlich ins Gesicht geschrieben, dass dieser Versprecher an seinem Ego kratzt. Mein Mitleid hält sich tatsächlich in Grenzen. Meine Augenbraue wandert nach oben, als ich die Papiere entgegennehme. Sobald ich mich bedankt habe, verlässt er das Zimmer.

Ich werfe einen Blick auf den ersten Umschlag, und mein Blick bleibt auf dem Logo hängen. Es ist das Logo des Labors, in dem sich „mein“ Bild befindet. Wenn ich nicht säße, hätte ich einen Luftsprung gemacht. Stattdessen boxe ich in die Luft und haue mir den Ellbogen an. Schnell öffne ich den Brief.

„Yeaaaaah!" Ich wusste es! Ich wusste es! Das Labor hat offiziell bestätigt, dass es sich um eine Kopie handelt. Sie haben sogar meine kühnsten Träume wahr werden lassen und festlegen können, wann das Bild entstand. Erst Ende der 1980er. Das heißt … Ich springe auf und stürme aus meinem Büro, den Gang entlang. In Mr. Garcias Büro bleibe ich vor seinem Schreibtisch stehen und lege den Brief oben auf den mir am nächsten Papierstapel. Allein für den Blick, der jetzt auf seinem Gesicht erscheint, hat es sich gelohnt, es zu riskieren und ihn zu bitten, mir den Fall zu übertragen. Erst schaut er ungläubig auf das Schreiben, dann klappt ihm der Mund auf. Ha, wer hatte hier den richtigen Riecher?!

Ich weiß, es kann Jahre dauern, bis Spuren oder sogar das Gemälde selbst auf dem Schwarzmarkt gefunden werden, aber das kann ich nicht ändern. Indem ich die Suche beauftragt habe, und ihnen mein Wissen über das Bild von Ralph Curtis mitgeteilt habe, habe ich bis zu diesem Punkt getan, was ich konnte. Ab jetzt heißt es warten. Warten und hoffen.

ACHT

Sechs Jahre später …

Ich habe heute von zuhause gearbeitet und habe deshalb Kylie versprochen, ihr Lieblingsessen zu machen. Ich stehe immer noch in der Küche und rühre in der Tomatensoße, als sie mit ihrer besten Freundin nach Hause kommt. Seit sie auf die Middle School geht, fährt sie mit dem Bus. Ich kann mich noch erinnern, wie sie sich darauf gefreut hat, wie die Großen mit dem Bus zu fahren.

„Hey, ihr Süßen! Das Essen braucht nicht mehr lange, ich ruf euch dann."

„Ok, Mom", ruft Kylie, bevor ihre Zimmertür ins Schloss fällt.

Fluchend lasse ich die Pfanne ins Waschbecken fallen und puste mir den Finger. Verdammt, ist das heiß! Schnell halte ich meinen Finger unter laufendes Wasser.

„Kommt ihr?" Mit den Tellern in der Hand, balanciere ich nach draußen auf den Balkon. Emma kommt nicht so oft zu Besuch und wenn doch, ist sie noch immer nicht aus der Phase heraus, ein absoluter Polizei-Fan zu sein. Ich habe gut reden, ich bin nie raus gekommen … Ich habe das Gefühl, es ist eher ein Verhör als ein Abendessen, aber wir haben unseren Spaß. Auch wenn Kylie momentan versucht, mich und meinen Beruf uncool zu finden, sehe ich, dass sie eigentlich stolz auf mich ist. Ich grinse. Kylie hat sich zwar sehr verändert, aber sie ist immer noch die Fröhlichkeit in Person.

Das Telefonklingeln reißt mich aus meinen Gedanken.

„Mama, du tönst."

Ich lache. „Einen Moment, bin gleich wieder da.“

„Ja? Ms. Reyes.“

„Ah gut, dass ich Sie gleich erreiche, ich habe wichtige Neuigkeiten. Sind Sie alleine im Raum?“ Ich verdrehe die Augen. Mr. Garcia zieht gerne eine große Show ab.

„Warten Sie einen Moment …“ Ich laufe schnell in mein Zimmer und schließe die Tür.

„Ja?“

„Wir sind auf neue Spuren gestoßen bezüglich des Kunstraubes in Boston“, höre ich Mr. Garcia durchs Telefon. Sofort steigt mein Adrenalinspiegel.

„Welches Gemälde haben Sie gefunden?! Das von Curtis?“

„Ja…“ Darauf folgt kurzes Schweigen „Es könnte sich um die frühere Version handeln…“

„Wie weit gehen Ihre Spuren? Haben Sie den Ort des Gemäldes?“

„Den haben wir tatsächlich. Allerdings würde ich ihn Ihnen lieber persönlich mitteilen. Für heute Abend ist ein Einsatz an besagter Stelle geplant. Ich würde Sie bitten, sich als Einsatzleiterin unverzüglich aufs Revier zu begeben.“

Kann es wirklich sein, dass sie jetzt eine feste Spur haben? Wie viele Jahre ist der Fall jetzt offen? Fünf? Sechs? Am liebsten würde ich sofort aufbrechen, aber Kylie und Emma … Ich gehe im Zimmer auf und ab, während er mir die wenigen Informationen, die er per Telefon preisgeben möchte, mitteilt.

Als alleinerziehende Mutter ist es nicht leicht, einen Vollzeitjob zu haben, bei dem du auch noch zu jeder Zeit gerufen werden kannst. Ich könnte zwar meine Nachbarn bitten, auf Kylie und ihre Freundin aufzupassen, allerdings sind die so spießig und konservativ, dass sie der Meinung sind, ich sollte nur kochen und „das Kind“ großziehen, wie sie Kylie immer nennen. Nat ist im Urlaub, Beni war letztens erst da und Grace wohnt zu weit weg. Logen!

„Ella, sind Sie noch da?"

„Ja, Sir, Entschuldigung, was sagten Sie?"

„Können Sie in einer halben Stunde hier sein?"

„Das wird knapp, aber ich kann es versuchen, allerdings wäre mir eine Stunde lieber." Vielleicht ist er gnädig.

„Versuchen Sie Ihr Bestes." Dann legt er auf.

Nachdem ich Logen angerufen habe und er versprochen hat, in zwanzig Minuten da zu sein, gehe ich zu Kylie und Emma.

„Mom, wo warst du so lange?" Ich lasse mich wieder auf meinen Platz fallen und beginne zu essen.

„Ich muss gleich leider noch mal in die Arbeit, weil wir neue Spuren gefunden haben, und ich den Einsatz leiten werde." Als ich ihr enttäuschtes Gesicht sehe, füge ich schnell hinzu:

„Logen wird kommen, und ich versuche, so schnell wie möglich zurück zu sein."

„Ach so, ok." Ich bewundere Kylie und bin ihr zutiefst dankbar, dass sie die Umstände, die mein Beruf mitbringt, immer akzeptiert. Das hat sie früher schon und macht sie immer noch. Das ist auch der Grund, warum ich ihr immer ehrlich sage, wo ich hingehe, auch wenn ich ihr nie den Fall nenne. Je älter sie wird, desto mehr versteht sie es.

„Schön, dass Sie sich an mich erinnern", lächle ich der dunkelhaarigen Empfangsdame zu, die noch immer den Mund geöffnet hat, um mich aufzuhalten. Inzwischen habe ich mich damit abgefunden, dass sie meinen Namen wahrscheinlich nie in ihrem Gehirn speichern werden wird, egal wie lange sie schon hier arbeitet. Vor vier Jahren hatte ich die Idee, ihr von mir aus meine Marke zu zeigen. Nicht glorreich, ich weiß, aber effektiv. Daher halte ich sie ihr nur entgegen und gehe weiter. Eine gute halbe Stunde nach unserem Telefonat stehe ich vor Mr. Garcias Büro.

Ich reiße erst die Tür auf, bevor ich anklopfe und fange mir seinen vorwurfsvollen Blick ein, der mir in dem Moment herzlich egal ist. Ein Ausdruck des gesuchten Bildes liegt auf seinem Schreibtisch. Kommentarlos dreht er es um, damit ich es anschauen kann. Wofür? In den letzten Jahren habe ich mir das Bild oft genug angeschaut. Ich will wissen, was sie wann, wie und vor allem wo gefunden haben. Ich bin kurz davor, ihn zu hassen, weil er mich so auf die Folter spannt.

„Was ist der neueste Stand? Am Telefon wollten Sie nichts sagen." Ich bleibe stehen, obwohl ein freier Stuhl dasteht, aber ich bin viel zu angespannt, um sitzen zu bleiben.

„Durch eine Kontaktperson haben wir erfahren, dass irgendwann heute im Laufe des Vormittags die aktuellen Besitzer das Werk nach Lewinston gebracht haben, um seinen Wert schätzen zu lassen. Unserer Kontaktperson kam das Gemälde bekannt vor, und er meldete es der Polizei. Entgegen unseren Vermutungen ist das Gemälde also auf einem öffentlichen Kunstmarkt aufgetaucht. Laut unseren Informationen wohnen die Besitzer in Waterville." In Gedanken überschlage ich die Entfernungen. Etwa eine Stunde Fahrt.

„Für mich klingt das stark nach Leuten, die keinerlei Ahnung oder Interesse an Kunst haben. Wenn sie es öffentlich schätzen lassen, bedeutet das, dass sie keine Ahnung haben, welches Bild das ist, was wiederum bedeutet, dass sie es höchst wahrscheinlich nicht aktiv gekauft haben. Welche Informationen haben Sie über die verdächtigte Person?"

„Es handelt sich um Zwillinge, etwa im Alter von fünfzig Jahren. Ihr Vater ist steinreich und unseren Informationen nach vor wenigen Wochen verstorben …"

„Könnte also ein Erbstück sein …" denke ich laut nach. Damit würde auch meine Theorie von eben, sie hätten es nicht aktiv gekauft, stimmen.

„Ihr Vater war ein bekannter Kunstsammler, darüber hinaus ist von der Familie nichts bekannt."

Plötzlich muss ich laut auflachen. „Unglaublich, wir haben sechs Jahre auf dem Schwarzmarkt gesucht, und es taucht öffentlich auf!" Aber das Lachen vergeht mir schnell, und ich verstumme genauso plötzlich, wie ich angefangen habe, als ich Mr. Garcias Gesicht sehe. Sein Blick ist auf die Tischplatte gerichtet, die Ellbogen aufgestützt und die Hände verschränkt, tippt er mit den Zeigefingern gegeneinander. Ich kenne diese Haltung, und es ist die letzte, die ich hier vermutet hätte. Ungläubig schaue ich ihn an.

„Ich habe Sie zwar rufen lassen und Ihnen gesagt, Sie würden den Einsatz leiten, allerdings bin ich mir nicht sicher, ob wir ihn heute schon durchführen sollten." Nicht. Schon. Wieder. Seine. Entscheidungsschwierigkeiten.

„Seit über 40 Jahren hat man keine Spur der Bilder gehabt, und jetzt haben wir eine. Sie können doch nicht ernsthaft warten wollen!?" Wenn er nicht mein Chef wäre, würde ich ihm ordentlich meine Meinung sagen. Ich muss mich wohl auf die weniger effektive Art beschränken.

„Wir könnten abwarten, ob sie weitere Gemälde besitzen. Schließlich war ihr Vater Sammler und hatte das Geld für wertvolle Werke."

„Und riskieren, dass wir das Bild wieder verlieren? Sie können doch nicht ernsthaft in Erwägung ziehen, das Bild aus der Entfernung zu beobachten und es erst einzusammeln, wenn es den Anschein macht, es würde verschwinden?!"

„Dadurch könnten wir womöglich mehr Informationen erlangen." Ich unterdrücke nur mühsam ein Stöhnen. Sprachlos schüttle ich den Kopf.

„Laut unseren Informationen ist keiner der Zwillinge der Polizei bisher unangenehm aufgefallen und wir vermuten, dass sie keine Ahnung haben, dass es sich bei diesem Bild um Diebesgut handelt. Richtig?"

Mr. Garcia nickt.

„Das wiederum bedeutet, dass sie, sollten wir sie verhaften, sich keiner Schuld bewusst sind und hoffen, durch Kooperation eine Straflinderung, wenn nicht sogar völlige Freisprechung zu erhalten." Eindringlich schaue ich meinen Chef an.

„Genau diese Unwissenheit könnten wir nutzen und können dicht hinter ihnen stehen, ohne dass sie auf uns achten werden."

„Und dann? Wann werden Sie entscheiden einzugreifen? Was ist in sechs, sieben, acht Monaten anders als jetzt?"

„Würden wir warten, können wir die Zwillinge besser kennen lernen und so auch besser ihre Reaktion einschätzen. Wir haben keinerlei Garantie für Ihr Szenario."

„Wann hatten Sie je eine Garantie?!" Darauf wusste er keine Antwort, und die Sache war vom Tisch. Aufatmend verlasse ich sein Büro, um alle nötigen Informationen für den Einsatz zu erhalten. Grundriss des Hauses, Ort, Sicherheitspläne … Danach informiere ich die Polizei vor Ort, die meinen Trupp unterstützen wird. Währenddessen stellt Mr. Garcia den Einsatztrupp zusammen. Irgendwann fällt mir in dem ganzen Stress ein, Jack anzurufen. Ich glaube, der Alte lag schon im Bett, als ich angerufen habe. Zumindest klang seine Stimme wie aus dem Jenseits.

Als wir knapp zwei Stunden später durch den Garten der Luxus-Villa schleichen, ist es schon dunkel. Unfassbar, wie viel Geld man haben kann. Ich schüttle den Kopf. Die Villa ist riesig, weiß und riecht nach viel Geld. Sie steht mitten in einem großen Garten, der bestimmt von mindestens zwei Gärtnern gepflegt wird. Die offizielle Auffahrt ist durch ein 2,50 Meter großes Tor versperrt und mit Überwachungskameras ausgestattet. Um niemanden zu warnen, dass wir kommen, mussten wir uns abseits davon Zugang zu dem Grundstück verschaffen. Ich habe es genossen, ein Loch in den perfekten Zaun zu zwicken.

Die örtliche Polizei hat uns sieben Personen geschickt, was bedeutet, dass wir mit meinen Leuten zwölf sind. Durch Zeichen gebe ich ihnen zu verstehen, das Gebäude zu umstellen, während ich mein Team zu mir winke, um das Haus zu betreten. Wahrscheinlich wird alles ganz harmlos ablaufen, aber wir wissen es nicht und … wie heißt der Spruch ´Vorsicht ist besser als Nachsicht`. Ich verdrehe die Augen. Durch ein Kellerfenster, das gekippt ist, kommen wir ohne Probleme ins Haus rein. Oben am Treppenabsatz angekommen, teilen wir uns auf. Langsam arbeiten wir uns durch das Haus vor, immer darauf bedacht, nie einen ungedeckten Rücken zu haben. Ich bin immer noch angespannt, aber die Professionalität hat übernommen, und der Rest sorgt nur dafür, dass ich jederzeit reagieren kann.

„Rechter Flügel ist gesichert, over", höre ich Noahs Stimme in meinem Headset.

„Verstanden, over." Langsam schleiche ich mit meiner Truppe bis an die Treppe, die in den ersten Stock führt.

„Erdgeschoss ist leer. Wir gehen hoch, over."

„Verstanden, over."

Okay, einen Vorteil haben wirklich reiche Leute, wenn man in ihr Haus einbricht. Ihre Treppen knarzen nie. Durch meine Nachtsichtbrille erscheint der leere Gang oben in einem gelblichen Licht. Von der anderen Seite sehe ich den zweiten Teil meiner Leute die Treppe hochkommen. Mit einer Kopfbewegung gebe ich ihnen zu versehen, dass wir nach rechts gehen und sie den linken Teil übernehmen sollen. Fast alle Türen im Haus sind offen und wir kommen zügig voran. Vor der einzig geschlossenen Tür bleiben wir stehen. Durch Zeichensprache gebe ich meinen beiden Kollegen zu verstehen, vor der Tür zu stehen, während ich rein gehe. Falls notwendig, sollen sie mir folgen.

Der Raum ist fast so groß wie mein ganzes Wohnzimmer. Durch meine Nachtsichtbrille sehe ich ein Bett, einen Schrank, der eine ganze Seite des Zimmers einnimmt und einen Schreibtisch, der nicht weniger imposant ist. Mein Blick bleibt an der Dekoration des Spiegels hängen. Eine Lichterkette ziert den Rand und kleine Schmetterlingsaufkleber kleben auf dem Glas. Daraus schließe ich, dass hier die Zwillingsschwester schläft. Ich überlege, ob ich sie im Dunklen wecken soll, oder erst das Licht anmachen soll. Was soll`s, schließlich kann sie ja ganz nett sein. Schnell ziehe ich meine Nachtsichtbrille aus und stecke sie weg. Dann gebe ich meinen Kollegen zu verstehen, dasselbe zu machen. Ich kneife die Augen fest zusammen und schalte das Licht an. Trotzdem tun meine Augen weh, vor allem, weil ich versuche, sie sofort aufzureißen, um die Zielperson im Auge zu behalten. Nach Luft schnappend fährt Johanna Walker im Bett hoch und fängt wie verrückt an zu kreischen, sobald sie uns sieht.

„Hey! Beruhigen Sie sich." Ich weiß, das ist das Letzte, was hilft, wenn man mitten in der Nacht von Fremden in dunkler Kleidung und mit Waffen geweckt wird, aber berühren hilft auch nichts. Ich gehe einen Schritt nach hinten, ohne ihr den Fluchtweg freizugeben, um ihr zu signalisieren, dass wir ihr nichts tun werden. Nachdem sie weiter wie eine Verrückte kreischt, mache ich das, was aus meiner Erfahrung am besten hilft. Anschnauzen.

„Mach den Mund zu, und hör auf zu schreien!" Wie ich es mir gedacht habe, hört sie vor Schreck auf zu schreien. Geht doch, wenigstens kann man jetzt reden.

„So, jetzt können wir noch mal neu anfangen. Ich bin Detektive Reyes. Es tut mir leid, Sie nachts so zu überfallen. Hier." Ich reiche ihr ihren Bademantel, nach dem sie panisch ihr Zimmer abgesucht hat und die Knie an die Brust zieht.

„Befinden sich außer Ihnen und Ihrem Bruder noch weitere Personen im Haus?"

Ms. Walker schüttelt den Kopf. „Seit ein paar Wochen nicht mehr.“

„Ich muss Sie bitten, uns auf die Wache zu begleiten.“

„Wieso, ich habe nichts falsch gemacht!?“ Entsetzt schaut sie mich an.

„Nein, das haben Sie nicht, und es geht genau genommen nicht um Sie, sondern …“

„Mein Bruder?“ Ich schaue sie beruhigend an.

„Auch nicht. Ich kann Ihnen aber leider noch nichts Genaueres sagen, aber Sie sind nur in U-Haft und nicht zwangsläufig schuldig. Folgen Sie mir bitte.“

Kurz nachdem wir den Polizeiwagen erreicht haben, trifft auch ihr Bruder ein. Keiner der beiden wurde als Verbrecher oder akute Gefahr eingestuft, sie müssen daher keine Handschellen tragen. Sobald beide Geschwister im Auto sitzen, ziehe ich die Schiebetür mit Schwung zu. Dann steige ich in eines der Autos, die mit den Zwillingen auf die örtliche Wache fahren.

Währenddessen durchkämmen meine Kollegen die Villa noch mal in Ruhe, um das Bild von Curtis zu finden und es in Gewahrsam zu nehmen. Sobald sie es gefunden haben, wird es ins Labor in Springfield geschickt, um es untersuchen zulassen.

NEUN

„Wo sind Sie? Mr. und Ms. Walker?“ Ein kleiner Mann, etwas älter als ich, schaut mich prüfend an und zeigt dann nach rechts.

„Da lang und dann zweimal links.“ Ich nicke ihm zu und gehe zügig in die Richtung, die er mir gezeigt hat. Der Befragungsraum befindet sich im hinteren Teil der Wache. Ich weiß noch nicht, wen ich als erstes befragen werde, als ich etwas außer Atem dort ankomme. Im ersten Raum, an dem ich vorbeikomme, sitzt Ms. Walker und starrt leicht panisch auf ihre Hände. Ich glaube, sie merkt nicht mal, dass sie an ihren Fingern knappert. So gemein es ist, ich bin froh, sie in so einem Zustand zu sehen. Wenn Menschen Angst haben, erzählen sie mehr, gerade, wenn sie hoffen, dass es ihnen helfen wird.

„Seit wir hier angekommen sind, befindet sie sich in diesem Zustand.“ Ein Kollege in etwa meinem Alter tritt neben mich. Ich kenne ihn nicht und gehe davon aus, dass er von hier ist. Ich nicke knapp. Nach einem letzten Blick auf Ms. Walker in dem verspiegelten Verhörraum, gehe ich den Gang weiter, bis ich ihren Bruder finde, was nicht schwierig ist, weil kein anderer außer den beiden hier ist.

Obwohl ich weiß, dass er mich hinter der verspiegelten Glasscheibe des Verhörraums nicht sehen kann, irritiert es mich, dass er mich direkt anschaut. Nachdenklich gehe ich ein paar Schritte zur Seite und grinse. Mr. Walker schaut nach wie vor an die Stelle, an der ich vorhin stand.

„Warum grinsen Sie? Von dem, was ich gehört habe, hat er heute schon einiges an Problemen gemacht …“

„Ja. Bei der Verhaftung hat er sich quergestellt und sich ernsthaft geweigert, obwohl wir die Überraschung auf unserer Seite hatten." Ich drehe mich um.

„Schauen Sie ihn sich mal genau an. Jetzt gehen Sie ein paar Schritte zur Seite. Sehen Sie? Er sieht sie nicht, auch wenn er das vorgibt. Er schaut einfach nur auf die Mitte der Scheibe. Ich glaube, er gibt sich härter, als er ist. Lassen Sie ihn eine Weile warten, bevor ich zu ihm gehe." Damit drehe ich mich um und lasse ihn stehen.

„Hey. Warum erteilen Sie Befehle. Das ist nicht …"

„So was nennt man Befugnis …" Ich werfe einen kurzen Blick auf sein Namensschild „… Mr. Brown." Mr. Brown schaut mich einfach nur an, und ich drehe mich um und gehe. Ich weiß, viele meiner Kollegen, besonders die, mit denen ich nur wenige Male zu tun habe, halten mich für ein arrogantes Arschloch, kann nicht sagen, woher … In einer Branche, die von Männern dominiert ist, musste und muss ich mir erst meinen Platz erkämpfen. Dabei hilft mir diese Methode am besten.

„Hallo, Ms. Walker, tut mir leid, dass Sie so lange warten mussten, ich habe erst ihren Bruder befragt, und er hatte einige spannende Geschichten, die ich mir auf jeden Fall anhören musste …", sage ich zu Ms. Walker, als ich den Verhörraum betrete.

„Wie geht es ihm?"

„Ich würde behaupten, gut. Was wissen Sie über die Kunstliebe ihres Vaters?"

„Warum wollen Sie das wissen?"

„Das erfahren Sie noch früh genug." Ich lehne mich in meinem Stuhl nach hinten, um ihr etwas Platz zu lassen. Ms. Walker zögert kurz, bevor sie spricht.

„Ich weiß nicht genau, wann er begonnen hat zu sammeln, aber auf jeden Fall vor unserer Geburt. Als wir klein waren, hat er uns viel über Kunst und seine Gemälde erzählt, je älter wir wurden, desto weniger."

„Hatten Sie ein gutes Verhältnis zu Ihrem Vater?"

„Mein Vater! Die letzten zwanzig Jahre hatten wir keinen Kontakt. Er hatte es nicht verdient, unsere Zeit zu bekommen!"

Daher die dämliche Lichterkette in ihrem Schlafzimmer. Wahrscheinlich hat sie es seit Jahren nicht mehr betreten.

„Warum hatten Sie keinen Kontakt?"

„Weil ihm seine Gemälde wichtiger waren als seine Familie."

„Wann und wie ist Ihr Vater gestorben?"

„Vor ein paar Wochen. Am Alter. Wissen Sie, er war schon 91."

„Hm … wer hat Ihnen mitgeteilt, dass er verstorben ist?"

„Sein Pflegedienst, den er die letzten, ich glaube zehn Jahre, hatte."

„Lebt Ihre Mutter?"

„Nein, sie ist vor einigen Jahren gestorben, aber wir hatten nie viel Kontakt."

„Sie und Ihr Bruder sind die einzigen Erben? Keine Verwandten, Freunde?"

„Ja." Ich lehne mich etwas vor und schaue sie mir genau an.

„Wussten Sie, was Sie erben?" Ich kann genau sehen, wie sich ihr Gesicht plötzlich verschließt und sie mich misstrauisch beobachtet.

„Stimmt was nicht mit dem Erbe?"

„Hatte Ihr Vater irgendwann mal Probleme mit der Polizei oder hat sich komisch verhalten?"

„Nee … nein, ich glaube nicht." Mädel, denk nach.

„Lassen Sie sich Zeit, Ihnen fällt bestimmt etwas ein. Wahrscheinlich vor vielen Jahren." Ich stehe auf und drehe mich zur Tür um. Nach wenigen Metern ruft sie mich panisch zurück. Dachte ich`s mir doch.

„Als wir noch klein waren, hat er uns mal eines seiner Bilder gezeigt. Ich glaube, er hat behauptet, es sei sein wertvollstes Gemälde. Es war hinter einem Panzerglas und mit Alarmanlagen gesichert. Ich habe nie verstanden, warum er es dann so weit abseits aufgehängt hatte, wo nie jemand lang ging …"

Langsam gehe ich zum Tisch zurück und bleibe hinter meinem Stuhl stehen. Das ist genau die Aussage, auf die ich gehofft hatte.

„Hat er irgendetwas dazu gesagt?"

„Ja … nein, hat er nicht direkt. Später hat er behauptet, ein Bild hätte ihm echte Probleme bereitet, ich glaube, er meinte die Anschaffung, es hat viel gekostet."

„Warum haben Sie dieses Bild schätzen lassen?" Ich ziehe den Ausdruck des Gemäldes aus der Brusttasche.

„Wieso wollen Sie das wissen?"

„Beantworten Sie meine Frage. Warum haben Sie dieses Bild schätzen lassen?"

„Weil, weil es das Bild ist, von dem er damals geredet hat."

Genau in dem Moment kann ich sehen, wie sie langsam die Zusammenhänge herstellt, und ihr ist der Schreck ins Gesicht geschrieben.

„Ich verlange meinen Anwalt!" Ich lächle sie an.

„Den werden Sie bekommen und auch dringend nötig haben." Ich nicke meinen Kollegen hinter der Glasscheibe zu, mir die Tür zu öffnen.

Ihr Bruder, Mr. Walker, hat inzwischen aufgegeben, die Glasscheibe anzustarren und sitzt nur stur auf seinem Stuhl und schaut die Wand an. Mein Plan ist es, ihn dazu zu bringen, Ähnliches wie seine Schwester zu sagen, aber ich glaube, ohne einen Anwalt werde ich nicht viel aus ihm herausbekommen. Als ich den Raum betrete, wendet er mir den Kopf zu. Langsam gehe ich bis hinter meinen Stuhl, ohne ihn aus den Augen zu lassen.

„Wollen Sie wissen, wie es Ihrer Schwester geht? Ich war gerade bei ihr." Obwohl er nicht antwortet, sehe ich ihm an, wie dringend er die Antwort wissen möchte. Vielleicht kann ich diese Fürsorge nutzen, um ihm einige Infos zu entlocken. Ich weiß, dass das nicht unbedingt eine nette Art ist, aber ich weiß auch, dass ich von Anfang an mehr Druck aufbauen muss, als bei seiner Schwester. „Ich glaube, sie ist verunsichert und weiß nicht so richtig, was Sie hier machen, aber sie hat sich tapfer geschlagen. Viele der Informationen, die sie uns nennen konnte, wussten wir bereits, aber einige waren auch neu." Eine Weile schauen wir uns schweigend an, ohne dass einer von uns nachgibt. Ich seufze.

„Ok, Mr. Walker, ich gebe Ihnen zwei Möglichkeiten. Entweder, Sie arbeiten kooperativ mit uns zusammen und können Ihren Kopf und den Ihrer Schwester aus der Schlinge ziehen, dann werden Sie wahrscheinlich mit einer Bewährungsstrafe davonkommen. Zweite Möglichkeit, Sie geben eine Menge Geld für gute Anwälte aus, ohne einen wirklichen Erfolg zu haben, weil die Geschichte viel zu groß ist, als dass Sie eine Chance auf Freispruch hätten."

„Was würden Sie von mir wissen wollen?"

„Wer Ihnen mitgeteilt hat, ihr Vater sei gestorben. Was Sie über Ihren Vater wissen, in Bezug auf seine Kunst. Hat er sich je irgendwie komisch verhalten in Zusammenhang mit seinen Bildern?"

„Sie meinen von seinem Wahn für sie abgesehen?" Mr. Walker lacht trocken. Ohne darauf einzugehen, mache ich weiter.

„Wissen Sie, ob Sie Wurzeln in Italien haben?" Meine Frage scheint ihn offensichtlich zu überraschen.

„Nein, haben wir nicht, auch wenn mein Vater gerne Italiener gewesen wäre."

„Kennen Sie dieses Bild?“ Ich lege den Ausdruck, den ich auch schon seiner Schwester gezeigt habe, auf den Tisch und drehe ihn zu ihm um. Irritiert schaut er darauf und runzelt die Stirn. Ich beobachte ihn genau, damit mir nicht die kleinste Regung oder Emotion entgeht.

„Ich glaube, es hing bei Vater hinten in einem Gang. Soweit ich weiß, war es sein wertvollstes Bild. Johanna und ich wollten es versteigern. Wissen Sie – eine kleine Rotation in seinem Grab. Mehr nicht.“ Ich glaube, ihm ist gar nicht bewusst, wie viele hilfreiche Informationen er mir gerade preisgibt.

„Wissen Sie, seit wann er es hatte?“

„Wir waren jung, um die zehn. Also vor um die vierzig Jahre.“

„Sie wissen nicht, um welches Bild es sich handelt, warum es Ihrem Vater so viele Probleme bereitet hat?“ Ich benutze bewusst dasselbe Wort wie vorhin Ms. Walker, um keine Lücke zu lassen und ihre Aussage zu bestätigen, soweit das möglich ist.

„Woher wissen Sie das?“

„Also stimmt es …“

„Das war ein gemeiner Trick! Ich sage nichts mehr ohne meinen Anwalt.“

„Das ist Ihr gutes Recht, danke für Ihre Kooperation, Mr. Walker.“ Draußen muss ich grinsen. Es ist beeindruckend, wie leicht ich an Informationen herankomme, wenn ich es richtig angehe. In den meisten Fällen funktioniert es, indem ich eine Hintertür nehme. In Gedanken gehe ich noch mal alle ihre Aussagen durch. Erleichtert stelle ich fest, dass das, was ich erfahren habe, ausreicht, um das Bild ins Labor zu schicken. Alle weiteren Informationen muss ich mühsam über den Anwalt herausbekommen, wobei ich bezweifle, dass die Zwillinge noch mehr wissen, als das, was ich gerade erfahren habe. Am wichtigsten werden Freunde und Bekannte des Verstorbenen sein.

Die letzten Wochen habe ich damit verbracht, Personen ausfindig zu machen, die mir mehr über Mr. Walker sen. erzählen können, was noch viel schwieriger war, als ich dachte. Um ehrlich zu sein, hatte er so gut wie keine Freunde und viele davon waren schon gestorben. Bekannte von ihm, die ihn selten gesehen haben, konnte ich einige auftreiben, aber keiner von ihnen konnte mir mehr sagen als die Zwillinge. Mr. Smith ist meine letzte Hoffnung, mehr über den Fall, das Bild und Mr. Walker herauszufinden. Ich bete, dass er bereit ist, mit mir zu reden und dass er vor allem wirklich etwas weiß. Inzwischen weiß ich, dass es sich bei dem Gemälde der Zwillinge wirklich um die frühere Version des Gemäldes von Curtis handelt. Sowohl die verwendeten Farben und Techniken als auch die Zeit können dem Künstler sicher zugeschrieben werden. Das „Wie" und „Warum" sind aber immer noch nicht gelöst.

Ein kleiner Mann Ende 80 mit hängenden Augenlidern und über einen Stock gebeugt öffnet mir die Tür.

„Sind Sie Mr. Smith?"

„Ja, der bin ich, der bin ich."

„Ich hatte Ihnen vor einigen Tagen geschrieben, in Verbindung zu Ihrem Jugendfreund Mr. Walker." Aufmerksam beobachte ich seine Reaktion.

„Stimmt, ich erinnere mich. Wie war Ihr Name nochmal?"

„Ms. Reyes. Kann ich Ihnen einige Fragen diesbezüglich stellen?"

„Sicher, sicher." Mr. Smith tritt einen Schritt zurück, um mich durch zu lassen.

„Tee?"

„Nein vielen Dankt" Es hat 30 Grad im Schatten, wer trinkt denn da was Warmes!

„Sind Sie damit einverstanden, dass ich unser Gespräch aufnehme?"

„Freilich", antwortet Smith und wiegt sich dabei vor und zurück, sodass ich langsam an seiner Zurechnungsfähigkeit zweifle.

„Sie kennen Mr. Walker also seit Sie zwölf Jahre alt sind?" Ich versuche das Gespräch langsam zu beginnen, um ihn nicht zu verschrecken und ihn auch mental mitzunehmen.

„Genau genommen war ich zwölf und er 14. Das rieb er mir sein Leben lang unter die Nase. Der alte Knauser."

„War er Ihr bester Freund?"

„So etwas in der Art, auch wenn wir viele Jahre nur lose unseren Kontakt gepflegt haben." Ein verträumter Blick erscheint auf seinem Gesicht, als er an mir vorbei schaut und in Erinnerungen schwelgt.

„Wissen Sie, er war ein netter Mensch, auch wenn er vielleicht mehr Macken hatte als andere."

„Von welchen Macken reden Sie?"

„Er spielte Mini-Golf, stellen Sie sich das mal vor." Ah ja, Mini-Golf ... nichts was ich unbedingt wissen muss.

„Und er liebte Kunst über alles. Deshalb hatten wir später oft Streit." Interessiert lausche ich auf. Vielleicht gibt es tatsächlich ein konkretes Ereignis, warum sie später oft darüber gestritten haben.

„Meinen Sie, er hatte Grenzen, über die er für Kunst nicht gegangen wäre?"

„Um ehrlich zu sein, ich fürchte nicht. Der Knauser hat schon immer nach dem Motto ‚alles oder nichts' gelebt. Kennen Sie so jemanden, Ms. Reyes?" Ich über gehe seine Frage.

„Was lässt Sie annehmen, dass er keine hatte?" Ich sehe deutlich, wie sich Zweifel über sein Gesicht ziehen. Um ihn nicht abzuschrecken, weiter zu reden, gebe ich ihm Zeit und Raum.

Mr. Smiths vom Alter gezeichnetes Gesicht wird ernst, als er weiterredet.

„Sie suchen ein Bild, habe ich recht?" Ich mustere sein Gesicht und versuche einzuschätzen, ob er weiterreden wird, wenn ich ihm die Wahrheit sage. Was soll´s mein Schweigen hat mich sowieso schon verraten …

„Ja, Sie haben recht." Mr. Smith nickt, als wüsste er Bescheid.

„Wissen Sie, was mit ihm geschehen ist?" Wieder nickt er und seufzt ergeben.

„Sie müssen wissen, dass Joe ein gnadenloser Kunstsammler war, und seine extreme Liebe zu Manet konnte ich mir nie erklären." Smith macht eine Pause.

„Auf dem Bild, das Sie suchen, ist auf der ersten Version Manet abgebildet, bis es um 1880 von demselben Künstler übermalt wurde. Fragen Sie mich nicht, wie er oder das Bild hießen. Das kleine Detail ist für meine Geschichte absolut unwichtig." Prüfend schaut er mich an.

„Sie wissen von dem Isabella Gardner Kunstraub?" Ich muss mir ein Lachen unterdrücken und trinke schnell einen Schluck aus meinem Wasserglas.

„Ja, ich habe von ihm gehört." Schnell tue ich so, als ob ich irgendetwas aufschreibe, damit er mich nicht lachen sieht.

„Ich weiß nicht, was mit den anderen Bildern passiert ist, ich weiß nur, dass Joe eines davon beauftragt hat zu stehlen." Hilflos wirft er die Hände über den Kopf, als wolle er zeigen, was er davon hielt. Schnell versuche ich mir zusammenzureimen, was ich gerade erfahren habe. Mr. Walker hat wirklich ein acht Millionen Dollar Werk stehlen lassen, weil unter der bekannten Schicht eine Figur dargestellt ist, die er anhimmelt!? Ich glaube, der Wert liegt in Wirklichkeit sogar noch höher. Ich schüttle den Kopf. Damit hatte ich nicht gerechnet.

„Haben Sie das Bild zu Gesicht bekommen? Sowohl das bekannte, als auch das frühere Werk darunter?"

„Habe ich, aber ganz unter uns…" Smith lehnt sich zittrig in seinem Sessel nach vorne, „ich hätte für keines der beiden nicht mal einen Hunni gezahlt. Stellen Sie sich mal vor, wie viel er ausgegeben hat. Das müssen Millionen sein. Millionen, meine Liebe. Stellen Sie sich das nur vor."

„Wie viele wissen, dass sich das Werk in seinem Besitz befand? Gab es da außer Ihnen noch andere?"

„Ja, ja sicher gab es da noch andere. Richard, John und der gute Bob wussten es auf jeden Fall. Aber Sie kommen ein paar Jahre zu spät, die sind alle schon tot."

„Keine Verwandten? Seine Kinder?"

„Nein, die sollten es nicht wissen, hat er uns eingeschärft. Ich sagte doch, der Knauser hatte viele Macken …"

Ich sitze noch eine Weile bei Mr. Smith, mehr weil ich glaube, er ist viel allein, als dass ich glaube, er hat noch mehr Informationen, bevor ich mich endlich auf den Heimweg mache.

Bis das Labor in Springfield bestätigen konnte, dass das beschlagnahmte Werk wirklich von Curtis ist und unter dem Jahre lang bekannten Werk lag, hat es doch ziemlich lange gedauert. Bis die Ermittlungen abgeschlossen waren und das Werk an seinen alten Platz im Museum zurückkonnte, ist noch mehr Zeit vergangen.

Erst heute Morgen wurde das Gemälde mit einem gesicherten Transport dem Museum übergeben. Seitdem wimmelte es nur so von Reportern und Fotografen, von denen jeder den besten Platz bekommen will, um das Gemälde zu fotografieren und beteiligte Personen zu interviewen. Inzwischen ist es etwas leerer geworden, sodass ich mich endlich zu dem Gemälde wage.

Ich bin immer noch beeindruckt von den Dieben, die es geschafft haben, das Gemälde vor vierzig Jahren unbemerkt zu entwenden – was vermutlich von Fadenziehern unter dem Einfluss von Mr. Walker geschah.

„Ms. Reyes! Ich habe gehofft, Sie heute hier noch anzutreffen! Ich bin Reporter des *Boston Globe* und würde Ihnen gerne noch einige Fragen stellen." Hinter mir steht ein großer Mann mit langen Haaren, die im Nacken zu einem Pferdeschwanz gebunden sind. Ich rümpfe die Nase. Nicht so mein Geschmack. Weder die Fragen, noch der Mann.

„Ja?"

„Hatten Sie schon immer das Gefühl, Ihre Kollegen hätten noch nicht alles gesehen?"

„Nun, so einfach ist das …" Erschrocken ziehe ich mein Handy aus der Tasche, als es laut klingelt. In dem stillen Gebäude klingt es noch lauter. Ich will den Anruf schon wegdrücken, als ich Jacks Nummer auf dem Display sehe.

„Sorry, da muss ich kurz dran gehen" sage ich zu dem Reporter und zeige dabei auf mein Handy. Ich warte seine Antwort erst gar nicht ab, sondern halte es mir schon ans Ohr, als ich den Raum verlasse.

„Hi, du bringst mich gerade in eine unangenehme Lage", begrüße ich ihn.

„Ella, ich hab hier ein paar Zettel bei mir gefunden … Magst du die dir mal anschauen?"

NACHWORT

Der Kunstraub im Isabella Steward Gardner Museum hat wirklich stattgefunden. Im März 1990 wurden dreizehn Werke im Wert von heute 500 Millionen US-Dollar gestohlen. Die diensthabenden Wächter wurden gefesselt im Keller des Museums gefunden. Nach ihrer Befreiung erzählten sie die haarsträubende Geschichte der Polizisten mit falschen Schnurrbärten. Die Bewegungen der Diebe wurden durch Infrarotkameras aufgezeichnet und später rekonstruiert. Auch das Gemälde von Curtis existiert wirklich und hängt nach wie vor im Museum.

Ella hingegen ist keine reale Figur, ebenso wenig wie ihre Ermittlungen.

Dennoch wäre die Geschichte möglich. Nur kurz nach der Fertigstellung meines Krimis, entdeckten Kuratoren einer Kunstaustellung in Schottland ein bisher unbekanntes Selbstporträt des Künstlers van Gogh auf der Rückseite eines bereits bekannten Bildes von ihm.